욕망이
멈추는 곳,
라오스

욕망이 멈추는 곳, 라오스

오소희 지음

북하우스

PROLOGUE

욕망이 멈추는 곳, 라오스

집에서 멀지 않은 서점에 자주 가곤 합니다.
그곳에서 제 자리는 언제나 여행 가이드북 시리즈 앞.
어느 날 펼쳐든 『론니플래닛』의 라오스 편에는 이런 구절이 있었습니다.

남방 불교를 믿는 라오스인들은 미래를 위해 지나치게 일하지 않는다.
고된 노동보다 카르마가 생의 중요한 요소가 되는 까닭이다.
프랑스인들은 이렇게 말했다.
"베트남인들은 쌀을 심는다.
캄보디아인들은 쌀이 자라는 것을 본다.
라오스인들은 쌀이 자라는 소리에 귀 기울인다."
라오스인들은 '일을 너무 많이 하는 것은
당신의 머리에 좋지 않다'고 믿는다.
또 '생각을 너무 많이 하는' 사람들을 흔히 가엾게 여기곤 한다.

그 구절을 처음 읽던 날,
저는 주변에 사람들이 있다는 것도 잊고 제법 크게 소리 내어 웃었습니다.
그리고 라오스를 마음에 담았습니다.

이후에 라오스에 다녀온 사람들을 만났습니다.
그들이 말했습니다.

그곳엔 아무것도 없어요.

저는 대답했지요.

그렇담 정말 가볼 만하겠군요.
제가 지금 가고 싶은 곳이 바로 그런 곳이에요.

지도를 들여다보니, 대개의 여행자들이 선호하는 루트가
라오스의 가운데에 위치한 수도,
비엔티안에서 시작하여 북쪽으로 이어진다는 것을 알았습니다.
그리하여 반대로 가장 남쪽부터 둘러보기로 하는
최소한의 계획만을 세운 뒤,
이전의 여행들과 달리 가이드북을 덮어 두었습니다.
생각을 많이 하는 사람을 가엾게 여기는 곳에서
생각에 생각을 거듭한 계획이란 무의미할 것 같았기 때문이었습니다.

얼마 뒤, 여섯 살 아이와 저는 축구공 하나를 달랑 가방에 매단 채
라오스로 떠났습니다.
붉은 메콩 강을 따라 계획 없이 떠돌면서
결론부터 말하자면, 저는 여러 번 눈물을 흘려야 했습니다.
삶이란 이런 것이다 하는 것을
본 적 없이 평화로운 몸짓으로 그들이 가르쳐주었기 때문입니다.

곱짜이 라이라이.
고맙고 또 고맙습니다.

C O N T E N T S

PROLOGUE • 4

ROUTE • 12

팍세 Fakse

도플갱어 • 16

첫 축구 동무들 • 18

생각한 것보다 더 깊숙이 – 통, 아농, 아람과 조이 • 22

단 두 마디 • 34

모닝 마켓 • 36

마음의 넓은 자리, 썽떼우 • 40

사과 • 44

사랑한다, 세상아 • 46

참파삭 Champasak

느린 시계바늘 • 50

그와 그녀, 그들의 자식들 • 54

축구의 권력구조 • 58

자애로운 누이 – 이타트 • 62

메콩 강가에서 저녁 먹기 – 초파리들 • 65

더 높은 소명이 인간에게 • 68

칼 • 72

친구가 된 거야! • 74

덩실거리는 부엌 • 86

앞선 염려 없이 – 어린 엄마들 • 88

별똥별의 착륙 • 90
행복이란 그런 것 – 뱃사공 부자 • 92
단 한 갑의 성냥 • 96

시 판 돈 Si Phan Don

보석상자를 열 때 • 102
마음을 스케치하기 – 에마 • 106
인형 • 110
익숙한 것에 대해 질문하기 • 112
꽃의 요정 • 116
그 작은 섬의 커다란 식당 • 120
자발적 물러남 • 126
죽고 싶지 않아!! • 134
삶의 피로 – 버스에서 자라는 아기 • 138

사반나케트 Savannakhet

진짜 봉이 되는 법 – 뚝뚝 기사 • 144
바쁜 마음은 언제 어디서나 • 148
공룡 박물관 • 152
엄마가 된다는 것은 • 154
스며들기 – 사반나케트의 친구들 • 158
생에 반드시 있어야 하는 것 • 168
여행의 힘 • 172
리틀 노마드 • 174
숨아내지 않고, 어리광부리지 않고 • 178
축구적 세계관 • 180

비엔티안 Vientiane

새벽길, 떠나는 자 • 184
집으로 돌아갈 때 • 188
무소유에서 무능으로 • 192
잠들지 않는 • 196
너무 거칠어! • 198
미용실 노스텔지어 • 200
눈처럼 희게, 너를 • 202
제자리이기 때문이죠 – 미하일 • 206
그러나 도시에서는 • 208
세상에서 가장 초라한 백화점 • 212

방 비엥 Vang Vieng

사랑하지 않으면 싫어하게 되는 곳 • 218
그럼에도 방 비엥은 • 224
당신의 낯선 신념 • 226
여행자는 언제나 옳은 선택을 위해 • 230
KTX가 너희를 행복하게 하느냐 – 소피와 남자친구 • 234
첫사랑을 만나기보다 어려운 일 • 238
그의 눈빛 • 240
우리는 너희가 궁금하지 않아 • 244
착하고 순한 그녀 • 246
방 비엥의 천사 • 248

루앙 프라방 Luang Prabang

가방을 연다는 것 • 256
그 순한 눈들 사이 • 266
좋은 게스트하우스를 고르는 법 • 274
문신맨 – 벤자이 • 275
다시 한 번, 미안하지 않게 • 278
몸의 비밀 • 294
간단하지만 어려운 일 – 수 • 296
세상 그 어떤 음악보다 • 302
블록 부수기 • 304
내게 사랑은 그릇된 것이에요 – 짱요 • 306
외로운 동자승 • 316
방치되거나 착취되거나 • 318
당신은 보고 싶은 것만을 • 322
너를 보니 알겠다 – 로 • 328
그녀를 잊는 여행 – 크리스 • 330
아름다운 건 오래오래 • 332
다음 기회에 • 334
카르페 디엠! • 340
소년의 높은 소망 – 노비스 파 • 346
Same Same But Different • 352
I Thank You • 362
이별, 들꽃처럼 흔들리면서 • 374

EPILOGUE • 384

R O U T E

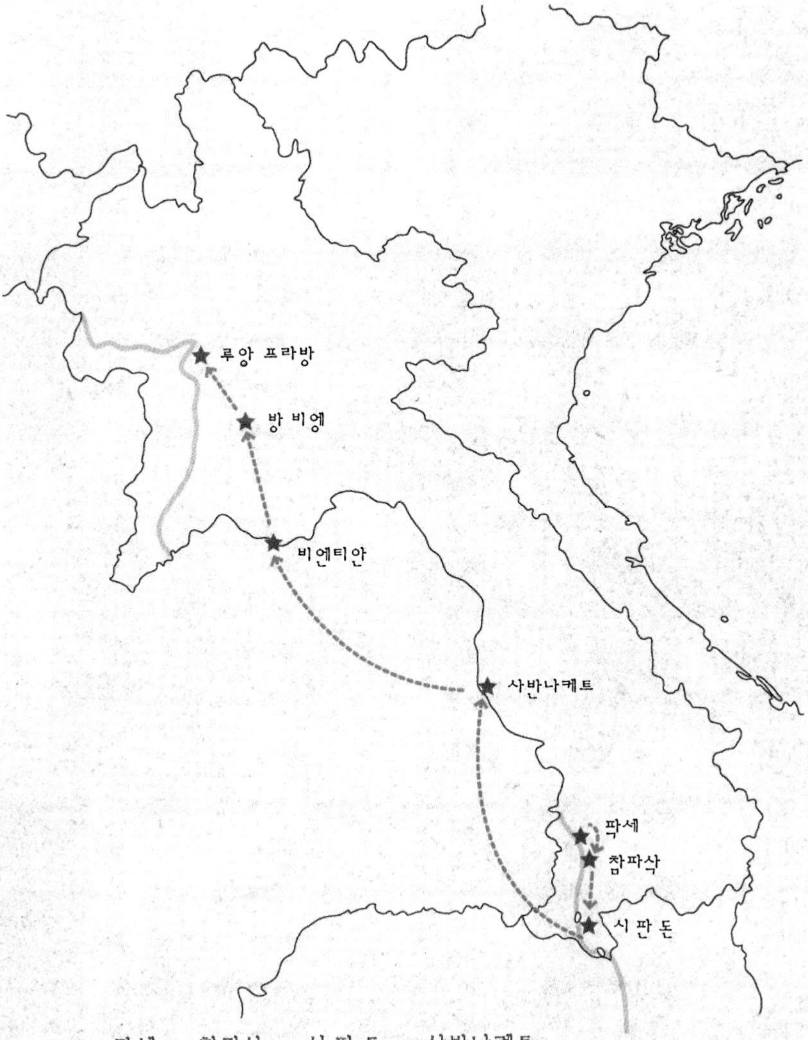

팍세 → 참파삭 → 시 판 돈 → 사반나케트
→ 비엔티안 → 방 비엥 → 루앙 프라방

팍세 Fakse

방콕에서 동쪽으로 기차를 타고 밤새 달리면
라오스의 남부 도시 팍세에 닿게 돼.
프랑스 식민 시절부터 행정적 지리적 요충지였던 곳.
그곳의 한적한 공원에 가면 그들을 만날 수 있지.
통, 아농, 아람과 조이.

한밤에 일어나 그들의 이름을 불러보곤 해.
우기의 빗물은 차지 않을까.
새 셔츠는 어느덧 해져 너덜거리지 않을까.
내가 꿈속에서 그들을 보듯
그들도 골목 어귀에서 나를 기다리지 않을까.

마음을 나눈다는 것은, 때로 따스하지만 죄 많은 일.
아농, 너는 그 저녁 손가락으로 말했었지.

내가 당신을 따라가면 안 돼?

도플갱어

2006년 11월.
라오스에서 처음 머문 곳은 남쪽 지방 도시인 팍세였다.
그리고 그곳에서 처음 떠올린 단어는 도플갱어였다.
바쁜 시침 속에 까맣게 잊었던 얼굴들이
시간과 공간의 기나긴 강을 건너 그곳에 다 모여 있었다.

이를테면…
눈만 마주쳐도 얼굴을 붉혔던 옥이 이모,
언제나 게임의 룰을 익히지 못해 깍두기만 맡으면서도
속없이 웃던 선희,
선생에게 맞은 손바닥이 아파 싹싹 비벼대면서도
곧바로 뒤돌아 다시 떠들던 영수,
손톱 밑이 늘 까맣고 옷단은 너덜너덜했던 교실 한 구석의,
그 말도 이름도 없던 아이…

이제 어디서도 만날 수 없을 것 같았던 착하게 생긴 얼굴들이
까맣게 그을린 채 모두 그곳에 있었다.
우거진 초원과 붉은 강물의 여백 속에서
세상 다른 어느 곳보다 느리게 가는 시계태엽을 묵묵히 감고 있었다.

씨와 레. 모두 열 살.

라오스에서의 첫날,
여행은 완전히 새로운 외계의 무엇을 만나는 것이 아니라
이미 수만 번 우리의 마음결을 쓸고 지나갔던,
그러나 또 쉽게 잊고 지냈던,
세상 모든 존재들의 파장과 울림을 다시금 알현하는 일임을
소중하게 깨닫는다.

통, 아농, 아람

첫 축구 동무들

팍세의 조그만 공원에 처음으로 축구공을 부려놓았다.
멀쩡히 옷과 신발을 갖추고
그럴듯한 자전거를 타고 있는 아이들도 그곳에 있었건만
나는 늘 약하고 안쓰럽고 낡은 것에 마음이 끌린다.
맨발에 찢어진 옷을 입은 아이들 서넛을 발견하고는
함께 놀겠느냐고 물었던 것이다.

그 아이들은 선택되었단 사실에 몹시 당황스러워했다.
자전거를 탄 한 녀석이 그애들에게 뭔가 놀림조의 말을 해댔고
아이들은 더 주눅들어 나를 올려다보았다.
나는 미소와 함께 공을 굴려 아이들에게 보냈다.

그리고 오 분 뒤.
제대로 된 축구공을 한 번이라도 차봤을까 싶은 그 아이들은
실외에서 단련된 힘과 날렵함의 진수를 보여주며
공원 구석구석을 누비고 있었다.
가장 어린 아이이자 공의 주인인 중빈을 적당히 배려하면서도
중빈이 어이없이 공을 놓치면 깔깔깔 풀밭을 구르며 웃어댔다.

이제 기가 충천한 아이들은 짬짬이 옆으로 재주도 넘고
십리 너머까지 들리게 두 손을 모아 휘파람을 불기도 했다.
처음 만난 아이들이 평화롭게 섞이고 신나게 놀며
그로써 자신이 가진 에너지를 극대화하는 것을 바라보노라면
한 편의 완벽한 음악이 연주되는 것을 듣는 것처럼
행복해진다.

우연히 길 건너편을 바라보니 사원 입구에 스님들이 모여들어
대단한 구경거리라도 생긴 듯 아이들의 축구경기를 지켜보고 있다.
그들의 얼굴에도 놀고 싶은 기색이 역력하다.

밤 산책을 나갔을 때, 공원에서 다시 아이들과 마주쳤다.
길가에 앉아 비닐봉지에 담긴 식은 밥을 간장 소스에 찍어 먹고 있었다.
그제야 알았다.
그들은 이곳에서 노숙하는 고아들이었던 것이다.

아이들이 동냥밥을 다 먹을 즈음,
근처 노점 상인에게서 코코넛 튀김과
설탕이 뿌려진 꽈배기를 한 봉지 샀다.
그리고 단것이 궁할 아이들에게 서너 개씩 나누어주었다.
언제나 식욕부진인 아들이 뜻밖에 "나도 줘" 하는 바람에
'나누어 주는' 것에서 '나누어 먹는' 것이 되어 더욱 기뻤다.

그렇게 깨어진 보도블록에 한 줄로 앉아
뚝뚝과 오토바이가 지나가는 것을 바라보며
우리는 말없이 입안의 달콤한 설탕을 녹였다.

갈 곳 없는 아이들의 밤은 길었다.
설탕의 달콤함이 가물가물 사라졌을 때
문득 하늘을 올려다보니
수많은 별들이 저 먼 곳에서 기약 없이 어둠을 밝히고 있다.

생각한 것보다 더 깊숙이 – 통, 아농, 아람과 조이

고아 친구들을 다시 만난 건,
우리가 라오스 남단을 여행하고 나서 다시 팍세로 돌아온 날이었다.
그날 우리는 사반나케트로 갈 예정이었다.
사반나케트 행 버스는 저녁나절에나 출발한다고 했다.

하루 두 번 이동은 무리이지 싶어 하룻밤 쉬어갈까 했으나
들르는 게스트하우스마다 만원이었다.
우리는 오갈 데 없는 신세가 되어 짐을 끌고 팍세의 그 공원으로 향했다.
먼 데서 아이들이 우리를 알아보고 두 눈이 휘둥그레졌다.
그리고 곧 시선을 돌리면서 쑥스럽게 미소 지었다.

때는 불타는 정오 무렵이었다.
우리도 점심을 먹어야 하니 아이들에게 함께 식당에 가자고 했다.
하지만 아이들은 생각처럼 움직여주지 않았다.
타인의 이목과 멸시로부터 공원만이 그들에게
자유로운 공간이 된다는 것,
그것은 내가 미처 생각하지 못한 점이었다.
항상 신중하게 사태판단을 하는 아농만이 우리를 따라와 주었다.

나는 일단 음식을 모두 주문하고 아이들을 기다렸다.
아농과 중빈은 잠시 앉았다가 나머지 아이들을 부르기 위해
다시 공원으로 갔다.

아농이 가장 친한 통을 설득해 데려왔으나,
조이와 아람은 올 생각을 하지 않았다.
중빈이 집요하게 그 둘을 따라다녔다.

같이 먹자!
맛있을 거야!
난 배고프단 말야!
형아들은 배 안 고파?

옷을 당겼다가 부드럽게 달랬다가 소리 높여 화를 냈다가
이리 뛰고 저리 뛰기를 삼십 분 여.
햇볕에 벌겋게 익은 중빈이 아람과 조이를 데리고 왔다.

우리는 해물 카레를 나눠 먹었다.
인정 많은 식당 주인은 이 상황을 유쾌하게 받아들여주었으나
접시를 내려놓는 소녀는 거지를 대할 때의 경멸감을 감추지 못했다.

아이들이 뚝딱 접시를 비우는 동안 나는 가게에 가서 음료를 사왔다.
음료를 각자의 앞에 내려놓자,
처음으로 아농이 나를 똑바로 바라보며 말한다

땡큐.

그들은 주워들은 몇 마디 영어를 알고 있었는데
비로소 우리와 소통하기 위해 쑥스러움을 무릅쓰고

말문을 연 것이었다.
그 첫마디 이후, 아이들의 눈빛이 달라졌다.
아는 사람에서 믿어도 좋은 사람으로.

무심코 노는 아이들을 카메라에 담고 있었는데
렌즈가 자신을 향할 때마다,
통이 찢어진 셔츠를 계속 어깨 위로 끌어올린다는 걸 깨달았다.

네 셔츠는 정말 낡았구나.
우리 셔츠 사러 갈까?

영어를 하나도 알아듣지 못하던 통이 신기하게도
그 말을 바로 알아듣는다.
그리고 크게 고개를 끄덕인다.
얼마나 셔츠가 사고 싶었으면.

바로 뚝뚝을 세웠다.
아농과 통만이 덥석 올라탔다.

모닝 마켓으로 가요!

그런데 뚝뚝을 타고 달리다보니 바로 두 블록 옆에
뉴 마켓이라 불리는 일종의 쇼핑센터가 있다.
십 년 전 재래시장이 불타고 나서
야심차게 새로 지었다는 서구형 건물이었다.

조이, 통, 아농

뚝뚝에서 뛰어내려 쇼핑센터 앞으로 갔다.
이 근방에서는 더러운 거지로 유명할 아농과 통.
수많은 사람들의 눈길이 우리에게 고정된다.
삼분의 이쯤은 낄낄대고 삼분의 일쯤은 경계한다.

아농과 통이 주눅들어 걸음을 떼지 않는다.
내가 두 아이 가운데로 가 하나씩 손을 잡았다.
그리고 여보란 듯 쇼핑센터 안으로 이끌었다.

아이들이 새 셔츠와 바지를 입고
누더기 같은 헌 옷을 비닐봉지에 소중히 넣어 밖으로 나왔을 때
이번에 사람들은 모두 웃었다. 그리고 저마다 한마디씩 던졌다.
거지는 헌 옷을 입어도, 새 옷을 입어도 야유를 받는다.
여전히 거지이기 때문이다.

거지의 정의가 '일하지 않고 구걸하여 연명하는 사람'이라고 한다면
어른 거지가 있을 수는 있어도 어린이 거지가 있을 수는 없다.
아이들은 일하지 않고 또 구걸하지 않고
어른으로부터 보살핌을 받을 권리가 있기 때문이다.
이 아이들의 결핍이 곧 자신들을 향한 수치가 된다는 것을 모르는 채
쇼핑센터 주변의 어른들은 낄낄대고 있었다.

통과 아농이 알아듣든 못 알아듣든 개의치 않고
나는 두 아이들의 손을 꼭 잡은 채 말했다.

와, 너희들이 지금 거울을 봐야 하는데.
정말 잘생겼구나.
저렇게 안목 없는 사람들에게만 보여주기 너무 아까워.
이제 공원에 가거든 좀 씻자.
깨끗해진다면 더욱 더 잘생겨 보일 거야.

통과 아농은 공원에 도착하자마자 건너편 사원으로 씻으러 갔다.
그들이 돌아왔을 때…
나는 그 순간을 잊을 수가 없다.
팔 다리와 얼굴의 묵을 때를 벗겨내고
새로 감은 머리를 빗질해 뒤로 싹 넘긴 단정한 모습.
그 얼굴에 새로 생긴 자신감과 마냥 부끄럽던 것을 떨쳐버린 행복감.

아이들은 선물이라도 하듯
내게 그 멋진 모습을 가장 먼저 보여주고 나서
그들이 놀던 자리로 되돌아갔다.

먼 데서 바라보니
통과 아농이 나란히 마주보고 서서
서로의 옷을 어루만지고 있다.
어루만지고
어루만지고
또 어루만진다.

JML KIDS

그 손길이 너무나 조심스러워서
나는 차마 더 보지 못하고 눈을 돌렸다.
잠시 후 통이 내게로 온다.
새로워진 그들의 모습에 경망스레 카메라를 들이대지 못하던 내게
자청해서 사진을 찍어달라는 것이다.
통과 아농은 그 어느 때보다 의연하게 포즈를 잡았고
액정 화면에 잡힌 자신들의 모습에 매우 만족스러워했다.

이제 조이와 아람의 차례였다.
아까 선뜻 뚝뚝에 올라타지 못했고
그래서 지금 친구들의 새 옷을 보며 가슴이 미어질 그 둘을 데리고
다시 쇼핑센터로 향했다.

이번에 사람들은 본격적으로 웃었다.
저 외국 여자가 동네 거지란 거지는 다 데려오는구나, 하며
구경거리가 생긴 얼굴로.
과연 얘네들도 새 옷을 입고 나타날까, 하며
궁금하다는 얼굴로.

나는 속으로 중얼거렸다.
당근이지. 이 아이들도 얼마나 멀끔한지 두고 보라고.
그리고 통과 아농처럼 머뭇거리는 조이와 아람의 손을 잡고
쇼핑센터로 들어섰다.

나는 그렇게 선한 사람도, 후한 사람도 아니다.
그러므로 처음부터 의도한 것은 없었다.
게스트하우스에 가서 쉬려 했으나 게스트하우스가 만원이었고
때마침 점심때라 아이들과 같이 밥을 먹었을 뿐이다.
그리고 사진을 찍는 중에 통이
찢어진 옷을 추스르는 걸 발견했을 뿐이다.

아이들의 안부보다
게스트하우스에 가서 쉬는 것이 먼저인 사람이고
아이들의 찢어진 옷보다
사진을 찍는 것이 먼저인 사람이다.
나를 먼저 느끼고 나서 남을 느끼는 사람인 것이다.

그러나 그날 하루는 그렇게 되어버렸다.
그들에게 너무나 많은 보살핌이 필요했기에
하나의 동작이 다음으로 흘러갔을 뿐이었다.

아이들이 노는 내내,
나는 공원 한 곁 벤치에 앉아 있었다.
아농의 오랫동안 아물지 않는 상처에 약을 발라주었고
통의 머리에서 몇 마리 이를 잡아냈다.
그 사이, 조이는 내 곁에 머물며 그가 아는 단 한 마디 영어
알라뷰, 알라뷰를 틈만 나면 반복하곤 했다.

시간이 흐르면서, 아이들은 미련한 나로 하여금 깨닫게 했다.
음식이나 옷도 그들을 기쁘게 했지만,
그들을 더욱 기쁘게 한 것은
내가 종일 그들과 시간을 함께 보낸 것이었다.

삶의 보호막이 전혀 없는 어린아이들.
그들의 손을 잡고 평소에 가지 못하던 곳을 갔던 것,
창피하거나 쑥스럽거나 모욕감을 느낄 때
누군가 함께 있어 편이 되어준다는 것,
이 가련한 아이들은 그런 것을 경험해보지 못했던 것이다.

아이들은 또 미련한 나로 하여금 깨닫게 했다.
비록 여행 중이라 해도
혹은 지루한 일상 중이라 해도
아무리 바쁘다 해도
혹은 가진 것이 넉넉지 않다 해도
'언제나' 내가 생각한 것보다 더 깊숙이
선의를 가지고 관여할 수 있는 것이 '반드시' 있다는 것을.

팍세의 게스트하우스들이 모두 만원이어서,
사반나케트로 떠나는 버스가 늦저녁 한 대뿐이어서,
그날 그들과 더불어 오갈 데 없었던 것이
나는 기뻤다.

우리가 내리는 잠깐의 선택,
손끝을 지나쳐갈 뿐인 동전 하나의 용도,
잠시 마음을 사로잡은 범박한 생각…
이 모두를 아우르는 우리의 한 순간
소중하다.
그 사소한 순간의 마디마디가
하나의 결정結晶을 이루기 때문이다.

그러하니, 너의 삶, 아껴라.

비닐 책가방을 든 소녀

단 두 마디

싸바이디! 안녕!

곱짜이! 고마워!

우리가 아는 라오스어는 오직 그 두 마디뿐.
그러나 미안하게도 또 고맙게도
시도 때도 없이 그 두 마디를 외칠 때마다
약속이나 한 듯
하던 일을 멈추고 우리를 반기는 것은

바로 이 황송한 얼굴!

모닝 마켓

팍세에서 참파삭으로 향하는 아침
여행자사무소Tourist Office 직원이 말한다.

뚝뚝을 타고 모닝 마켓에 가겠다고 하세요.
그럼 다 알아들어요.
그 옆이 바로 버스터미널이거든요.

해서 모닝 마켓에 가자고 했더니,
눈치 없는 뚝뚝 기사는 진짜로 모닝 마켓 한 구석에
우리를 덩그마니 내려놓았다.
그 마켓의 규모란 것이
가방을 끌고 아이 손을 잡은 내 눈엔 실로 어마어마해서
바로 옆이라던 터미널은 코빼기도 보이지 않았다.

'버스'라는 단어조차 낯선 사람들에게
'버스터미널'이란 두 단어를 묻는 것은 부질없는 짓처럼 보였기에
나는 더 길을 묻는 것을 포기하고 대신 주변을 둘러보았다.
엄청난 시장의 활기가 오감을 압박했다.

이미 반쯤 새카맣게 탄 닭발에서부터,
이들이 즐겨먹는 나물 '고수'의 강하고도 독특한 향기,
양동이에서 꾸물대는 수백 마리의 개구리와

기름지게 잘 튀겨진 왕초급 바퀴벌레,
새빨갛게 익어가는 거대한 고추더미와
가격 흥정에 핏대를 세운 아주머니의 찢어지는 목소리…
나는 나도 모르게 중얼거렸다.

오, 참파삭에는 오늘 안 가도 좋아!
눈치 없는 뚝뚝 기사 양반, 곱짜이!

마음의 넓은 자리, 썽떼우

바쁠 때 뚝뚝 타기

버스 출발 시간이 임박해 터미널까지 뚝뚝을 잡아타면
뚝뚝 기사는 다급한 내 마음은 아랑곳않고
반드시 주유소에 들러 '한나절' 기름을 넣는다.

미래를 준비하지 않는 라오스인들에게
미리 연료통을 채워놓는 법이란 없으며,
비록 뚝뚝에 들어가는 기름이 바가지 한 통 분량이라고는 해도
주유소의 주인이 집 저어기 안쪽에서 밥을 먹고 있거나
화장실에서 중요한 볼 일을 보고 있기 때문이다.

가족 중 다른 사람이 툴툴대며 슬리퍼를 질질 끌고 나올 때까지
혹은 주인이 이쑤시개로 이를 파며 나올 때까지
끈기 있게 기다려야만 주유구에 호스가 들어가는 것을 볼 수 있다.

버스 출발 시간에 맞출 수 있겠느냐고 뚝뚝 기사에게 물어보면
이들은 당연히 맞출 수 있다고 한다.
"괜찮다"를 연발하면서.
절대 미워할 수도 의심할 수도 없는 미소를 지으면서.

그리고 엉뚱하게도
버스터미널이 아닌 로컬들의 터미널에 우리를 데려다 놓는다.
가이드북에조차 나와 있지 않은, 바로 썽떼우 터미널이다.

고로 뚝뚝 기사들의 말은 옳았다.
버스는 제 시간에 출발하지만,
썽떼우는 결코 제 시간에 출발하지 않기 때문에
출발 시간에 못 맞추는 일은 없는 것이다.

썽떼우 출발하기

제아무리 시간 내 도착해도 썽떼우는 이미 80% 정도 차 있다.
그리고 절대, 절대 서두르지 않으면서 200% 찰 때까지 기다린다.
지붕, 발받침, 좌석 밑 할 것 없이
짐과 사람이 쟁여지다 못해 튕겨져 나올 때까지 기다린다.
이미 타고 있는 로컬들에게 몇 시에 출발하느냐고 물으면
다들 "낸들 아나요" 하는 얼굴로 뚝뚝 기사와 꼭 닮은
조용한 미소를 지을 뿐이다.

대체로 해가 쨍쨍한 날이기 마련이다.
바람 한 점 없는 썽떼우 안은 금방 달아오른다.
아이가 "언제 떠나는 거야?"를 백 번쯤 묻는다.
아이에게 "나도 잘 모르겠어"를 백 번쯤 반복하면서,
그사이 되지도 않는 현지어로 사람들과 너스레를 떤다.
이미 꽤 오래 전부터 엉덩이와 무릎을 꼭 붙이고 앉은
친밀한 사이이기에
푼수를 떨어도 부끄러울 일은 없다.
내가 한마디 하면 그들은 썽떼우가 떠나갈 듯 웃는다.

그러고 나면 눈만 마주쳐도 계속 웃는다.
버스가 떠나기를 기다리는 것이 아니라,
웃기를 기다리는 사람들처럼.

200%가 다 채워지면
마지막으로 걸음이 느린 꼬부랑 할머니가 두어 분 더 탄다.
할머니의 출현과 함께 놀랍고도 신속하게 짐과 엉덩이가 조금씩 이동하고
할머니는 천연덕스러움을 넘어선 당당함으로
기적처럼 만들어진 자리에 앉는다.
할머니야말로 정말 출발이 임박했음을 알리는 신호.

그러고도 더.
가다가 누군가 길에서 손을 흔들면 썽떼우는 또 서고
그 누군가는 어떻게든 타고야 만다.

신기한 일이다.
공간에 대한 침범과 약탈이 상대방에 대한 적의로 이어지는 법이 없다.
아무도 "이제 만원이니 그만 태워요!"라고 운전사에게 소리치지 않는다.
아무도 짜증을 내거나 불편한 표정을 짓지 않는다.
그들의 마음엔 그토록 넓은 자리가 있기에
기네스북의 기록을 돌파하듯이 끝없는 인원이 썽떼우를 파고들어도
화수분처럼 새로운 자리가 계속해서 솟아나는 듯했다.

썽떼우는 언젠가 떠날 것이고
일단 떠나면 도착할 것이다.
그러니 중요한 것은
순간을 보채지 않는 마음의 평화.

사과

만원 썽떼우 안에서
중빈과 이 아기 사이의 거리는
불과 삼십 센티미터.

아작아작
사과를 씹을 때마다
그 달콤함이
혀끝에 닿을 지경이다.

내내 아기를 지켜보던 중빈이
참다못해 내 귀에 대고
간질간질 속삭인다.

애기 속눈썹이
사슴벌레 더듬이만큼 길어.
이빨 좀 봐.
개미만큼 작아.
사과를 한 입 먹으면
쥐꼬리만큼 없어져.

아…
맛있겠다!

사랑한다, 세상아

썽떼우가 달리는 동안 역방향으로 앉아 뒤를 바라본다.
에어컨이 있는 버스에서 차창 밖으로 풍경을 바라본다면
풍경은 그저 사진일 뿐이다.
길은 그저 평면일 뿐이다.
나는 직육면체의 공간 속에 보호받는 간접체험자일 뿐이다.

그러나 이렇게 이곳 땅에서 나고 자라,
이 땅의 푸성귀 냄새를 풍기는 이들과 꼼지락대는 발가락을 맞대고
들키지 않게 탐색하는 수줍은 눈빛을 마주하며 달리는 이 길은
나를 사랑에 빠진 여인이게 한다.

바람은 여과 없이 다가와 신선함의 직격탄을 날리고
머리카락은 훨훨 날아 하늘에 닿을 듯하다.
나는 뒤따라오는 오토바이의 낯선 남자에게도 미소를 짓고
길가의 아이들에게도 일일이 손을 흔든다.

이 길처럼 내게 생생히 열려졌던 지난 삶의 궤적들이 떠오른다.
넘어져 있던 나를 일어서게 했던 몇 마디 말,
익숙한 호흡처럼 늘 입가에 머물던 다정한 이름,
뜨겁게 내쉬었던 숨결,
오직 황홀했던 것만이 앞다퉈 떠오른다.

사랑을 쉬려고 이곳에 왔건만
사랑한다, 세상아.

참파삭 Champasak

앙코르 와트보다 먼저 소담한 왕궁이 터를 닦던 곳.
그곳에 닿으면 꼭 자전거를 타보도록 해.
메콩 강가를 따라 줄지어선 목재가옥들 곁을
느릿느릿 달려보도록 해.

놀라게 될 거야.
가진 것도
감추는 것도 없이
그들의 얼굴
스스로 행복한 것에.

느린 시계바늘

참파삭에서 머문 게스트하우스는
고요하고 도도하게 흐르는 메콩 강가에 있었다.
아름드리 커다란 나무 한 그루가
마당 한가운데에서 시원하게 그늘을 드리우고 있었고
다른 라오스의 많은 게스트하우스들처럼
조부모와 아들 내외, 아장아장 걷는 그들의 딸,
고모네 식구들까지
대가족이 한데 어울려 운영하는 곳이었다.

꼭 해야 할 일도,
서둘러 좋아질 일도 세상에는 없다는 듯
참파삭의 사람들은 느리게 움직였다.
오랜 시간 주의 깊게 관찰해야만
그들의 움직임 속에도 시간이 흐른다는 것을
알아챌 수 있을 만큼.

나는 하루에도 여러 차례 강가의 테이블에 앉아
어제가 오늘 같고
오늘이 내일 같은
그들의 느린 움직임 속으로 방심하며 흘러갔다.

때때로 그들의 얼굴에서
잊고 지냈던 시간의 흔적을 찾아내거나 하면,
그들에게도 세월이 흐른다는 사실에
흠칫 놀라곤 했다.

햇빛을 반사시키는 소녀의 솜털 가득한 얼굴,
주름이 깊게 팬 노인의 얼굴과 같이
제각각 다른 시각을 가리키는 그 당연한 시계바늘 앞에서
이전에는 전혀 몰랐던 시간의 존재를 새로이 발견하기라도 한 듯이.

그와 그녀, 그들의 자식들

그는 늘 고기를 잡는다.
내가 참파삭에 머무는 동안
그의 보트는 늘 제자리인 듯 변함없는 지점에
붓으로 찍은 점처럼 비현실적으로 떠 있었다.
이른 아침부터 해질녘까지
그늘 없는 햇살 아래 단 한 번 일어서지 않고.

그의 아내는 모닝 마켓에서 생선을 판다.
전날 남편이 잡은 것을
다음날 새벽, 시장에 들고 가는 것이다.
이 단순한 유통망 속에서
고기들은 얼음이 없어도 싱싱하다.
지난한 흥정 끝에 떨이를 하는 순간까지도
아가미를 뻐끔대며 살아남을 희망을 버리지 못한다.

라오스 어디를 가나
나는 숱하게 그들을 만났다.
종일 허리 펴지 않는 것에 익숙한 그와
어떠한 흥정에도 지치지 않는 튼실한 그녀,
그리고 그녀 곁 시장통에서도
공책을 펴고 놀라운 집중력으로 더하기 빼기를 하는
그들의 어린 자식들을.

축구의 권력구조

슬프지만, 이 단순해 보이는 게임 하나에도
명백한 권력관계가 존재한다.

권력의 최상부에는 두 살짜리 아기 라츠미가 있다.
게스트하우스 주인의 외동딸이다.
언제 어디서나 떳떳하게 게임의 흐름을 방해한다.

그 바로 밑에는 중빈이가 있다.
게스트하우스의 손님이자, 공의 주인인 까닭이다.
충분히 뺏을 수 있는 공도, 중빈이 앞에 있으면 아이들은 기다려준다.

그 밑으로는 리가 있다.
예쁘고 영리한데다 승부욕도 강하여 절대 지지 않는다.
이타트처럼 몸이 둔한 친구를 놀이에서 걸러내기 위해
제법 치사한 방법도 가리지 않는다.

힘세고 날랜 사내아이들이 그 다음이다.
권력의 정해진 구도에 무비판적으로 협조하면서
오직 최대한 자신의 몸을 쓰는 데 집중한다.

마지막으로 최하부에 이타트가 있다.
영리하지도 몸이 날래지도 않은 이타트는

게스트하우스에서 허드렛일을 하는 할머니와 함께 산다.
이미 소외되는 것에 익숙한데다 라츠미까지 돌봐야 한다.
도저히 놀이에서 두각을 나타낼 수 없는 구조다.

우리가 원하든, 원하지 않든 간에
살아 있는 것들은 모두 '위계'라는 질서 속에 놓여 있다.
다툼하고 순응하면서.

그 '다툼'과 '순응'의 공간 사이에
'배려'의 방을 하나 들이기 위해
나는 계속해서 이타트의 자리를 만들어주었지만,
새로운 방의 출현으로 인해
게임이 덜거덕대기 시작한 지 얼마 지나지 않아
이타트는 스스로 라츠미를 등에 업고 어딘가로 사라져버렸다.

자애로운 누이 – 이타트

이 세상 어느 곳에서나,
이 세상 어느 곳에서도,
눈에 뜨일 것 같지 않은 소녀들이 있다.

그녀들에게는 흔히 '소녀'란 어휘에서 연상하게 되는
그 어느 것도 존재하지 않는다.
가는 손목, 단추가 잘 채워진 깨끗한 블라우스, 손질된 머릿결 같은.

처음에,
당신은 다른 아름다운 것들에 휩쓸려
그녀가 그곳에 있다는 것조차 알아채지 못한다.
그녀가 수줍게 당신을 응시하고
호기심 어린 손길로 당신 옷자락을 만지작거린다 해도.

그녀는 늘 당신을 먼저 알아보지만
굳이 당신의 시선을 기대하는 것도 아니다.
요란한 것들 사이에 담담히 숨어 있는 것에
이미 오래전부터 익숙해진 까닭이다.

그러나 한참 뒤,
느리게 불어오는 훈풍처럼
당신은 그녀를 '느끼기' 시작한다.

당신이 갈증을 느낄 때면
맨발로 곁을 서성이던 그녀가 재빨리 당신에게 물을 가져다주고
당신이 홀로 있고 싶어할 때면
그녀가 당신의 조잘대는 아이를 자전거에 태우고 멀어진다는 것을
비로소 느끼기 시작하는 것이다.

고마움을 표시하기 위해 당신이 사탕이나 껌이라도 내밀라치면,
그녀는 굳이 사양하며 조금은 뾰로통해진 얼굴로 사라지지만
채 십여 분을 채우지 못하고 되돌아오곤 한다.

기쁨에 가득 찬 눈망울로
당신을 위해,
다시 당신 곁을 서성이기 위해서.

이 세상 어느 곳에서나,
이 세상 어느 곳에서도,
이들은 보이지 않고 느껴질 뿐이다.

세상의 모든
자애로운 누이들이
그러하듯이.

메콩 강가에서 저녁 먹기 – 초파리들

인왕산 자락의 우리집에는 다양한 벌레가 살지만
그중에서도 대표급은 대략 20여 마리의 귀뚜라미라 할 수 있겠다.
현관문을 열고 들어서면
구두 속에서 펄쩍 튀어나와 제일 먼저 우리를 반겨주고
화장실 불을 켜면 "자네 없는 동안 자알 놀다가네!" 하며
구석으로 사라진다.
나는 가끔 헷갈린다.
우리가 귀뚜라미 집에 세 들어 사는 것인가,
아니면 귀뚜라미가 우리집에 세 들어 사는 것인가.

벌레라곤 찾아볼 수 없는 아파트에서 사는 아이들이 놀러 오면
현관에서부터 겁을 집어먹고 들어오지 않으려 하기도 한다.
그럼 나는 이렇게 달랜다.

무서워하지 마.
너희 집에서 금붕어 키우지?
우리집에서는 귀뚜라미를 키운단다.
식구나 마찬가지지.
우리가 먹을 것을 주면, 대신 해로운 벌레들을 잡아줘.
그러니 밟지 않게 조심해라.

해서, 적응이 좀 쉽기는 했다.
라오스의 남부,
밤이면 강가에서 출몰하는 온갖 종류의 벌레들에 대해.
가시는 걸음걸음 밟히는 도마뱀과 개구리에 대해.

어느 날 저녁, 강가 식당에서 죽을 주문했다.
작은 것을 주문했건만,
냄비만큼 커다란 사기그릇에 넘치게 담겨 나왔다.
펄펄 끓는 죽이었다.

죽이 식기를 기다리는 동안
바야흐로 어둠이 내리고 실내등이 켜졌다.
빛을 찾아 음식을 찾아 초파리들이 몰려든다.
상상을 초월하는 숫자다.
더위에 익숙한 초파리들이어서일까?
뜨거운 죽 그릇에도 부담 없이 뛰어든다.
뛰어들어서도 한참을 꼼지락대며 질긴 생명력을 자랑한다.

처음에는 하나씩 건져내다가
나중에는 일일이 건져내기에도 너무 숫자가 많아졌다.
한 마리씩 그릇 가장자리로 밀어내며
가운데를 우물처럼 파내려가는 식으로 먹기로 했다.
우물을 파는 엄마 마음을 아는지 모르는지
아이는 늘 하던 대로 세월아 네월아 최대한 더디게 먹는다.

죽을 식히려 고개를 들면
길 잃은 초파리가 콧구멍으로 날아들고
땀 젖은 얼굴에 들러붙고
심지어 눈 속으로도 열 지어 들어온다.

그릇 가장자리가 점점 새카매진다.
마치 검은 도넛 가운데 하얀 크림을
숟가락으로 파먹는 형국이다.
낮은 조도의 실내등 밑에서
미처 밀어내지 못한 초파리 한두 마리쯤은
별 망설임 없이 숟가락 위에 올려진다.

드디어 우물 한가운데서 왕파리를 만났다.
뜨거운 그릇에 온몸을 던지는 파리의 정열과 대적할 수 있는
도시인의 위생 감각은
그 정도에서 그만 하한선을 그었다.

숟가락을 내려놓는데 슬며시 웃음이 나왔다.
싫지 않았다.
이곳 초파리들, 원한다면 멍청한 도시인 하나쯤
쉽게 밀쳐낼 수도 있다는 사실.

그리고 하나 배웠다.
도시에서 온 허약한 당신,
메콩 강가에서 저녁은 해 지기 전에 먹을 것.

더 높은 소명이 인간에게

아직도 많은 이들이 강가에서 물을 길어온다.
여자들이 큰 천으로 가슴께를 묶고
퐁당 강가에 들어가 놀다 나오면 그것이 목욕이다.

이들의 집은 일층 없이 올려진 이층 목재가옥.
일층에는 흙바닥 위로 해먹이 걸려 있거나
넓은 평상이 놓여 있는 것이 전부다.

때로 요람에 아기를 누인 젊은 엄마는 통통 불어 오른 두 젖을 내놓고
아무렇지도 않은 듯 내 시선을 받아낸다.
아기가 떨어지지 않을까 염려스러울 만큼 신나게 요람을 흔들어대면서.

집 안을 들여다보면 열 개 안팎의 집기만이 놓여 있다.
그릇, 의자, 옷가지, 세숫대야, 화덕, 곡물과 채소가 담긴 자루…

정오가 되면 일터와 학교에서 휴식을 취하기 위해
어른과 아이들이 돌아오고
저마다 먹거나 놀면서 그 열 개의 간결한 집기들을 어루만진 뒤
전지전능한 해시계에 따라 낮잠을 잔다.

볕이 한숨 죽으면 다시 일터와 학교로 돌아간다.
두어 시간 뒤 학교가 파하고

동네는 더위를 두려워하지 않는 아이들의 활기로 북적거린다.

온가족이 모여 이른 저녁을 먹는 동안 어둠이 내리기 시작한다.
그 시간, 나는 참파삭의 집들을 몰래몰래 훔쳐보았다.
엉성하게 가려진 집안에서 무슨 일이 벌어지는가는
천천히 걷는 누구라도 일별할 수 있었다.

집들의 구석구석까지 환히 드러나는 그 저녁 산책 시간이면,
침침한 전구가 달린 문간에 앉아 숙제를 하거나
삼삼오오 이웃과 모여 이야기를 나누는 사람들 사이를 거닐면서
나의 가슴은 경이로움으로 가득 차올랐다.

열 가지 남짓한 집기를 보듬고 살면서도
욕망의 빈자리를 채워 넣기 위해 방황하는 사람이 없다.
백열등 아래 고독한 얼굴로 흐느끼는 사람이 없다.
오늘보다 나은 내일을 위해 상심하는 사람이 없다.

하루를 성실히 노동하고
하루를 가족과 사랑하고
하루를 이웃과 조화로운 것보다
더 높은 소명이 인간에게 있다고
그 어떤 오만한 자들이 말하였던가.

내가 라오스로 떠나올 때
"그곳엔 아무것도 없다"라고 말한 자들이
그들이겠지.

칼

칼은 날카롭다.

강력하다.

단 몇 번 내리치는 것만으로도 쉽게 변화를 만들어낸다.

장난감이 없는 아이들이 좋아할 만한 충분한 이유가 된다.

라오스에서는 칼을 가지고 노는 아이와 심심찮게 마주친다.

손가락이 한둘 없는 어른과도 심심찮게 마주친다.

블록과 자동차가 담긴 중빈의 장난감 상자는

대략 다섯 개가 넘는다.

제 또래 사이에서 결코 많은 편이 아니다.

세상은 명백히 불공평한 것이다.

친구가 된 거야!

Balloon

참파삭에서 왓 푸What Phu, 크메르 양식의 절까지 가는 날. 어린이가 있는 집마다 들러 풍선을 나눠주기로 했다. 아랍 여행에서 '내가 필요한 물건만'을 담는 '이기적인 가방'에 대해 느낀 바가 있었던 나는, 이번 여행에서 고민 끝에 풍선을 선택했다. 부피가 작고 가벼워 여행 중 보관하기도 간편할 뿐 아니라, 일단 둥글게 부풀어오르면 보는 이의 마음도 덩달아 부풀어오르기 때문이었다.

길을 나서니, 등굣길의 아이들과 함께이다. 이들이 사는 목재가옥의 가벼움만큼이나 그들의 가방도 가벼워 보인다. 걷거나 자전거로 씽씽 달려 학교에 도착하면 수령이 수백 년은 족히 되어 보이는 나무 아래서 선생님이 올 때까지 일단 아침햇살과 함께 뒹굴며 노는 것이 이들 하루의 시작이다. 풀밭을 뛰어다니는 아이들의 재잘거림이 어설피 둘러쳐진 학교 울타리를 가뿐히 뛰어넘는다.

학교를 기점으로 마을에서 벗어난다. 왓 푸까지는 왕복 20km. 기어가 없는 가정용 자전거로 가기엔 먼 거리이다. 그래도 가정용 자전거를 선택할 밖에. 기어 달린 자전거에는 아이의 엉덩이를 받쳐줄 폭신한 뒷좌석이 없는 까닭이다. 아이와 여행을 다니는 사람의 올바른 자세는 스포츠 자전거에 뒷좌석이 없음을 불평하는 것이 아니라, 가정용 자전거라도 폭신한 뒷좌석이 있음에 감사하는 것이다. 물론, 이 '올바른 자세'는 나의 정신세계가 넉넉한 데서

오는 게 아니라, 다양한 고행 끝에 절로 구축된다.

큰 형제들이 학교에 가버린 시각, 집에 남아 있는 아이들은 모두 여섯 살 이하의 유아들이다. 환상적인 논밭 풍경 사이로 페달을 밟기 시작하니, '절대로 멈추고 싶지 않은' 그 병이 다시 도진다. 그러나 아이의 그림자 하나라도 얼씬하면, 중빈이 얼른 풍선을 꺼내들고 자전거를 세우라 성화를 부린다.

아이는 거의 집집마다 있고 자전거는 거의 가가호호 멈춰야 한다. 외지인이 드문 지역, 더구나 유난히 나이 어린 아이들인지라, 어떤 아이들은 한참을 다가오지 않기도 하고 어떤 아이들은 풍선을 받아들고도 무슨 영문인지 몰라 제자리에 굳은 듯 서 있을 뿐이다. 그나마 나는 멀찍이 있고 중빈이 다가가는 것이기에 덜 경계하는 듯하다.

그늘 한 점 없는 땡볕에 머리는 지끈지끈해지고 페달 위에 놓인 발은 근질근질해진다. 이 속도로 해 지기 전에 왓 푸를 다녀올 수 있을까. 하지만 개중에는 이른 아침, 예기치 않은 선물을 받고 입이 찢어져라 웃는 아이들도 섞여 있다. 기왕에 시작된 것, 한 집도 거를 수는 없다. 풍선을 담은 주머니가 납작해질수록 멀게 느껴졌던 왓 푸가 가까워진다.

헐! 엄마 옷 좀 봐!

아이 말에 고개를 숙이니, 속옷이 훤히 비쳐 보일 만큼 셔츠가 땀에 젖어 있다.

왓 푸 참파삭

왓 푸 내에서는 자전거가 금지되어 있다. 풍선 주기도 끝났겠다 자전거 타기도 끝났겠다 뙤약볕에 걸을 일만 남았으니, 아이는 대번 입을 내밀었다. 대체 크메르 양식이 나와 무슨 상관이냐는 식이다. 옳은 말이다.

아이의 기분을 돋우기 위해 부처께 올릴 향꽃을 하나 산다. 우리는 절에 가면 부처께 기도하고 교회에 가면 예수께 기도하고 모스크에 가면 알라께 기도한다. 우리가 가는 곳에 있는 서로 다른 양식의 믿음을 똑같이 존중하며 모든 종교는 결국 한 가지임을 믿는다.

다행히 왓 푸에 이르는 길은 험난하다. 앙코르 와트처럼 폭이 매우 좁고 불규칙한 계단이 가파르게 이어져 있다. 아이는 다시 가야 할 이유를 찾았고 원숭이처럼 기어오르며 계단을 세기 시작한다. 칠십이, 칠십삼……

산 중턱, 우거진 나무가 드리운 그늘 한가운데에 왓 푸가 있다. 무너진 기둥과 석상에 둘러싸인 채, 가없는 세월을 견뎌낸 위엄을 고즈넉하게 드러내면서. 아이가 조용히 수미단으로 가 기도를 올린다. 아이의 기도 내용을 알 수는 없다. 다만, 아이가 자신을 위해서뿐 아니라 자신을 둘러싼 것들을 위해서도 빌기를 바랄 뿐이다.

왓 푸 앞에는 동네 여인들이 모여 익숙한 손놀림으로 향꽃을 만들고 있었다. 향과 바나나잎, 들꽃이 그 주재료이다. 외진 곳에서 얼마 안 되는 돈벌이를 위해 애쓰는 손이건만, 그 중 한 아가씨의 손톱은 누군가 보아주고 아름답다 말해주지 않으면 쓸쓸해질 만큼 정성스레 치장되어 있었다.

중빈이 음료수를 파는 아낙의 아기와 눈이 맞았다. 다행히 아직 남은 풍선이 하나 있어, 둘이는 풍선을 높이 띄우며 이내 친구가 되었다. 고맙게도 아낙이 내게 먹던 밥을 권하고, 사양을 모르는 나는 대충 더러워진 손가락을 옷에 문질러 닦는다. 밥은 대나무를 엮어 만든 길쭉한 통 속에 담겨 있다. 찰지다 못해 누룽지처럼 딱딱하게 엉긴 밥이다. 반찬은 향이 강한 나물 한 가지. 아낙은 너무 매워 먹기 힘들 거라 하지만, 천만의 말씀! 나는 주저 없이 손가락으로 밥을 뜯어내고 반찬을 집어올리기 시작한다.

아이들이 애벌레를 잎사귀에 싸서 노는 동안 나는 여인들과 담소를 나눈다. 말이 담소지, 90%가 웃음이다. 웃는 동안 땀에 젖은 옷이 바싹 마른다.

다시 참파삭으로 10km

힘껏 페달을 밟아 돌아오는데, 갈 때는 조용했던 길목 여기저기서 웃음소리가 들려온다. 웃음의 진원지를 찾아보니 아이들이 놀고 있다. 믿을 수 없게도, 터질 듯 부풀린 분홍빛, 노란빛, 초록빛 풍선들이 동네 곳곳에서 떠다니고, 풍선을 서로 잡으려는 단순한 놀이에 취한 아이들이 지침 없이 깔깔대고 있다.

더 놀라운 것은, 길에서 마주치는 사람들 대부분이 우리를 아는 체하는 것이었다. 아까 먼 데서 경계하던 아이들조차 손을 흔들거나, 다가와 "싸바이디!" 하며 친근한 미소를 짓는다.

친구가 된 거야!

중빈이 신이 나 외쳤다.

그래, 그렇구나.
이들은 풍선 하나로도 이렇게 쉽게 마음을 주는구나.

나도 기쁜 마음으로 고개를 끄덕였다.

오는 길 내내 우리는 반겨주는 모든 이들에게 "싸바이디!"를 함께 외쳤다. 마치 신나는 이중창처럼. 그리고 생각했다. 그동안 방문하는 나라마다에서 간단히 외고 또 금방 잊었던 수많은 "안녕!"이라는 말들, 그 가운데 유독 아름다웠던 '싸바이디'를 어쩌면 오래도록 잊을 수 없을 거라고…

덩실거리는 부엌

집은, 그곳에 살고 있는 사람의 내면이다.
특히 부엌은 숨길 수 없는 '그녀 내면의 축소판'이다.

잡지 화보의 한 컷처럼 치장되고 정리되어 있으나
외부와는 소통하지 않는 부엌,
혹은 늘 너저분하고 물이끼가 끼어 있는 부엌,
아니면, 간소하고 단출하지만
즉각즉각 그릇이 닦이고 제자리에 놓이는 부엌……

나로 말하자면, 꼭 필요한 식기만이
꼭 필요한 자리에 놓여 있는 부엌을 선호한다.
그 식기들이 자주 들고 나서
이가 빠져 있거나 하면 더욱 좋을 것이다.

더구나 이처럼 안팎의 구분 없이
강가의 바람에 덩실대는 부엌이라면!

앞선 염려 없이 – 어린 엄마들

스무 살 전후에 결혼을 하는
라오스의 어리디어린 아기엄마들.

아기를 안고 있는 사진을 찍어도 좋겠느냐 물으면
모두들 수줍은 듯 이쪽을 쳐다보지 못하면서
다른 곳을 쳐다보고 있는 아기에게는
자꾸 카메라를 바라보라 한다.

이들 마음의 평화는 무엇으로부터 오는 것일까?

라오스를 여행하는 동안
숱하게 이들과 마주쳤건만,
밭을 갈거나
물동이를 나르면서도
나는 이들이 아기에게 언성을 높이는 것을
단 한 번도 보지 못했다.

도시보다는 시골일수록,
옷차림이 더 남루할수록,
필시 한 권의 육아서도 읽은 적 없었을 이들은
그 어떤 아동학자보다도 여유 있게
아기를 있는 그대로 받아들이는 것 같았다.

한 치의 당위나 앞선 염려도 없이.

네 아기를
지금 너와 너를 둘러싼 것을
네 삶의 시작과 끝을
있는 그대로 받아들여라.

별똥별의 착륙

참파삭 사람들의 정연한 하루 리듬,
그리고 자연과의 결속력 때문일까?

궤도를 이탈한 행성이 별똥별이 되어 지구에 떨어지듯,
사고처럼 전기와 텔레비전이 이곳에 착륙했다는 느낌이 든다.
길 잃은 오토바이와 자전거가 잘못 흘러들어왔다는 느낌이 든다.

하지만 별똥별은 이미 파장을 일으키고 있다.
텔레비전은 태국의 싸구려 드라마를 전하고
(실제로 대부분의 라오스인들이 태국어를 이해한다)
전기는 내내 필요 없었던 냉장고의 새로운 쓸모를 강요한다.
오토바이는 시간과 거리의 개념을 바꾸어놓고
자전거는 아이들에게 '가지고 싶은' 것의 목록을 만들어냈다.

참파삭의 오늘이 영원하기를 바라는 것은
지나가는 여행자의 감상일 뿐,
파장은 점점 커질 것이다.
이들 또한 변화할 것이다.
이들에게도 인터넷을 통해 세상에서 벌어지는 일을 알 권리가 있고
냉장고에서 갓 꺼낸 아이스크림의 달콤함을 즐길 권리가 있다.
자의든 타의든, 그 권리 찾기와 별똥별이 만나 세상은 변화해왔다.

다만, 느긋한 사람이 변화하는 데는 더 오랜 시간이 걸린다.
느긋함은 새로움에게 잘 질문하지 않으며
낡음에 대해 회의하지도 않기 때문이다.

파장이 커지기 전,
아직 느긋한 이들이 질문도 회의도 시작하지 않은 시점,
오늘 내가 이곳에 머물렀던 것은
생의 우연이 선사한 커다란 선물이리라.

행복이란 그런 것 – 뱃사공 부자

이른 아침, 참파삭을 떠나기 위해 뗏목에 올라탄다. 두 대의 오토바이와 뚝뚝 한 대가 함께 뗏목에 실려 강을 건넌다. 뗏목을 모는 것은 두 부자. 어린 소년이 뗏목의 모터에 시동을 걸자, 아버지가 키를 이어받는다.

소년의 손놀림이 하도 능숙하여 카메라를 들이대자, 으쓱해진 아버지가 도로 키를 아들에게 넘긴다. 소년이 단순히 시동을 거는 일뿐 아니라, 뗏목을 운전하는 일도 해낼 수 있음을 내게 자랑하고 싶은 까닭이었다. 아버지는 부러 소년으로부터 먼 곳으로 자리를 옮겼다. 시선만은 아들에게 박아두고서.

어리지만 진중한 소년이었다. 아버지의 시선이나 내 카메라는 아랑곳하지 않고서, 키를 꼭 쥔 채로 한 순간도 긴장을 늦추지 않는다. 자신이 닿아야 할 강 저편과 뗏목의 무게중심, 그리고 강물의 흐름에 집중하면서.

내가 아버지에게 고개를 끄덕여 보이자, 그도 똑같이 끄덕임으로 되받는다. 그의 얼굴은 아들의 동작을 일일이 살피는 주의 깊은 관심과 넘치는 자랑스러움이 촘촘히 얽혀 빛이 날 지경이다. 자식에 대한 기대치가 높은 우리나라에서는 아들이 대단한 바이올린 콩쿠르에 나가 파가니니라도 완벽히 연주해내면 저 정도의 표정을 지을까?

소년은 학교에 다니지 않는다고 했다. 오로지 아버지의 견습생이 되어 성실히 뗏목을 모는 기술을 전수받고 있는 것이다. 그러나 이들은 알고 있을까. 메콩 강 유역의 작은 뗏목들은 하나 둘 사라지고 있다. 대신 다리가 하나둘 놓이고 있다. 아비와 그 가족을 한평생 먹여 살릴 기술은 아들과 아들의 가족을 한평생 먹여 살리지 못할지도 모른다.

그러나 전체의 안전을 책임지고 강 건너편에 조심스레 배를 대려는 소년의 선한 책임감과 자긍심, 그 완숙한 손놀림은 파가니니를 완벽히 연주해내는 소년의 그것보다 오히려 숭고해 보인다. 하루에도 수십 번 오가는 뱃길을 결코 지치지 않는 성실함으로 채운다는 것은 인간이 다다를 수 있는 예술의 경지 가운데 가장 지극한 것.

오늘 아비는 아들이 자신의 뒤를 이어 배를 몰 것이 너무나 행복하다.
아들은 배를 강 저편에 안전하게 대어 행복하다.

행복이란 본디 그런 것이다.
그럴 듯한 것을 성취하는 것이 아니라
스스로 만족하는 것.
우리의 다가올 내일을
우리는 결코 알지 못하므로.

단 한 갑의 성냥

씽떼우가 메콩 강을 건너기 위해선 뗏목을 기다려야 한다.

그 잠깐의 휴식 시간 동안,
손녀는 씽떼우 곁 풀밭으로 들어가
아무렇지도 않게 바지를 내리고 오줌을 눈다.
그사이 할머니는 단 한 갑의 성냥을 사기 위해
장사꾼과 실랑이를 벌이기 시작한다.

꽤 오랜 동안,
장사꾼이 원하는 가격을 부를 때까지,
장사꾼을 향한 의심스런 눈초리는 바쁘게 움직이길 멈추지 않고
그때마다 낡은 주름은 올올이 깊이를 더한다.

마침내 조잡한 무늬의 종이 성냥이 수중에 들어오고
그녀는 겹겹의 옷을 걷어
속옷 한 귀퉁이 주머니에서 몇 푼의 돈을 꺼낸다.

철통처럼 확실하게,
두툼한 지퍼를 채워놓은 돈주머니 아래로
차마 검게 드러나는 그녀의 앙상한 갈비뼈들 …

라오스인이 당신과 4시에 만날 약속을 했다면,
그건 4시부터 그 일에 대해 생각해보겠다는 뜻입니다.
4시가 되어야 무엇을 타고 갈 것인가를 궁리하고
궁리가 끝나야 창고에서 자전거를 꺼내지요.

낡은 자전거에 겹겹이 쌓인 먼지를 털고
납작해진 타이어에 바람을 넣는 것은
모두 그 이후의 일이랍니다.
아무도 미리 준비하거나 계획하지 않아요.

더불어 걱정도 없지요.

시판돈 Si Phan Don

라오스에서는 남으로 남으로 내려올수록
맥박이 느려져.
더는 맥박이 느려질 수 없는 곳에 이르면
그곳이 시판돈이야.
메콩 강의 수위가 낮아지는 건기에는
그 이름의 의미처럼
'사천 개의 섬들'이 있는가 한번 세어보도록 해.
세다 보면 어느덧 숫자를 잃어버리고
네 자신도 잊어버리고
벌어진 꽃잎이 강바람에 흩날리듯
부드럽게 부드럽게 떠다니게 돼.

보석상자를 열 때

시 판 돈에서 가장 큰 섬, 돈 콩으로 가는 만원 썽떼우 안에서 아이가 커다랗게 울기 시작했다.

배가 아파…!
배가 아파…!

조금 전 아이는 썽떼우 밖으로 군것질거리를 팔러 몰려든 여인들에게서 입안이 뻐근해질 만큼 달디단 요구르트를 하나 사서 먹었었다. 진땀이 났다. 상한 유제품이라면 지독한 복통과 설사를 동반할 것이다.

내가 아이 배를 어루만지는 사이, 썽떼우 안의 사람들이 걱정스런 얼굴로 제각각 한 마디씩 한다. 그리고 여기저기서 손을 뻗어 약을 내민다. 오래 전 보았던 안티플라민 연고처럼 둥글고 녹슨 통에 든 연고도 나오고 (배에 발라야 하나?) 이미 여러 사람이 물고 빨았을 작고 가느다란 약병도 나온다. (안약 같은데?)

약이 귀한 이곳, 라오스인들의 호주머니 속에 깊이 모셔져 있던 이 세상 드물고 희한한 모양과 약효를 지닌 약들이 모두 튀어나와 반상회라도 벌이는 것 같다.

괜찮습니다. 고맙습니다.

거듭거듭 사양하자, 사람들은 일순 뾰로통해진다. 나름 귀중한 것을 내놓았는데, 섭섭한 모양이었다. 그러나 내가 곧 차를 세우고 지붕 위로 기어 올라가 가방에서 시럽을 꺼내오자 '그랬군. 약이 있었군' 하는 얼굴로 고개를 끄덕여준다.

5cc가 정량인 아이 입속에 10cc는 쭉 짜 넣은 것 같다. 약 덕분인지, 그저 가라앉을 때가 된 것인지 잠시 뒤 아이가 잠잠해진다.

여태껏 잘 보이지도 않던 안쪽 깊숙이에서 할머니 한 분이 큰 소리로 묻는다. "이제 다 나은 것 같아?" (뜻은 짐작일 뿐이지만, 틀림없다.) 그렇다고, 고맙다고 답한다.

한숨 돌리고 앉자, 앞 옆 뒤 할 것 없이 모든 이들이 내게 말을 걸려는 듯 눈을 맞춘다는 것을 느낄 수 있다. 하지만 눈이 맞으면 말 대신 미소를 짓는다. 한결같이, 미소로 이렇게 말하고 있다.

그만 하길… 정말 다행이에요.

짧은 미소를 주고받은 뒤면, 그들은 약속이나 한 듯 재빨리 눈을 내리깔았다. 그리고 방금 시장에서 사온 채소가 발밑에서 자근자근 밟히는 것을 말없이 지켜보았다.
언제나처럼,
평화롭게.

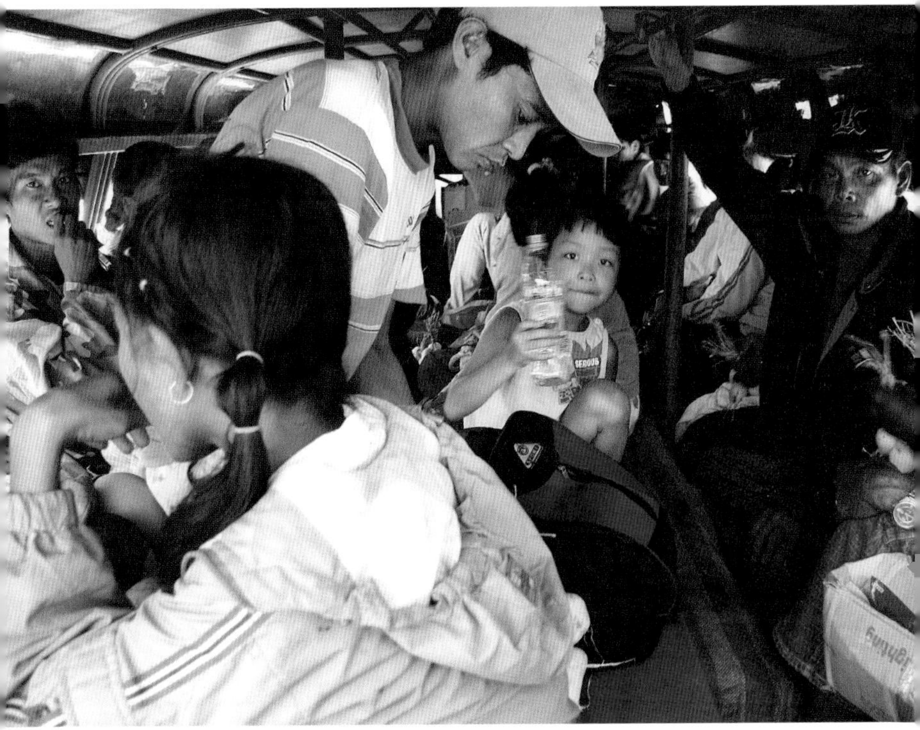

썽떼우를 세우려 손을 흔들 때마다
나는 보물이 가득한 보석 상자를 열기 직전에 느끼는
바로 그 설레임으로 아이에게 물었다.
"오~! 이번엔 또 어떤 사람들이 타고 있을까?"
아이는 마치 오래 된 친구처럼,
대답 대신 나를 보며 씨익 웃었다.

마음을 스케치하기 – 에마

메콩 강을 따라 북상하는 좁다란 보트에 앉아
스쳐가는 상념을 끄적거리고 있었다.
문득 고개를 들어 앞자리를 바라보다가, 나는 피식 웃고 말았다.
가만히 앉아 있는 것만으로도 충분히 피로한 보트 안에서
앞에 앉은 에마 또한 무언가 열심히 끄적거리고 있는 것이었다.

그러한 공통점 때문이었을까.
에마와는 어떠한 이야기도 스스럼없이 나눌 수 있었다.
이제 스물다섯인 이 아가씨의 차분하면서도 호기심 어린 눈빛이 나는 좋았다.

에마는 중산층이 없다는 짐바브웨이 출신이었다.
그곳의 최상류층 가정에서 태어나 아시아지역을 여행하면서도
5달러짜리 방이 자신에겐 너무 사치스럽다며
꾸역꾸역 짐을 싸들고 3달러짜리 방으로 옮기는 아가씨였다.

스물다섯이란, 잔인한 나이다.
세상을 다 얻을 수 있을 것도 같지만, 정작 확정된 것은 하나도 없다.
그 음지와 양지가 너무나 명확해서
양지만을 보고 매진하는 스물다섯이 있고,
침침한 음지 속에 절망하는 스물다섯이 있다.

에마는 그 중간쯤이었다.
학업을 마쳤고 여행을 떠나기 직전 애인과는 깨졌다.
미술을 전공하였으므로 디자인 계통에서 일하고 싶지만
정말 그 일에 헌신하고 싶은가에 대해선 의문이 남아 있다.
부유한 가정이지만, 가족과의 관계는 복잡하게 얽혀 있다.

이 모든 상황을 총정리하는 그녀의 한마디는 이것이었다.

그래요.
내겐 정리된 것도 정해진 것도 없어요.
그러니 난 뭐든 할 수 있겠죠.

그녀가 끄적이던 수첩을 보았다.
외로움에 휩싸인 한 여인의 얼굴이 섬세하게 스케치되어 있었다.
나는 마저 보여달라며 졸랐다.
에마는 한 페이지씩 넘겨가며 스케치를 찾아 보여주었다.
그림은 서너 개뿐이었다.
대신 수첩의 대부분은 깨알 같은 글씨로 빼곡히 채워져 있었다.

이 수첩은 원래 스케치용으로 산 거였어요.
여행하다가 인상적인 장면들을 그려볼까 하고요.
그런데 어쩌다보니 점점 일기장이 되어가요.
정작 스케치는 몇 개 하지도 못했는데…

나는 그녀를 위로하였다.

걱정 말아요.
제대로 하고 있는 거예요.
당신이 당신 마음을 제대로 스케치해낼 수 없다면
당신이 본 것도 제대로 스케치해낼 수 없는 법이니까요.

내 말의 의미를 헤아리고 있는 것인지
그녀는 잠시 말없이 생각에 빠져들었다.
그동안 아이와 뒤엉켜 잠이 든 한 라오스 촌부의 드로잉을,
그 뒤엉킨 팔과 다리에 담아낸 삶의 무게를
찬찬히 들여다보았다.

중빈은 유난히 에마를 따랐다.
아침에 눈을 뜨면,
"에마가 일어났는지 가볼까?"로 시작했고
저녁에 잠자리에 들면
"에마가 자는지 가볼까?"로 맺었다.

아이와 에마의 사적인 공간 사이에 적정 간격을 유지하느라
나는 한 자리에 진득하게 앉아 그녀와 충분한 대화를 나눌 수가 없었다.
그러나 이동하는 차편 속에서, 혹은 한적한 동네 어귀에서
우연히 마주쳐 교환하는 생각의 편린들은 자매의 그것처럼 닮은 데가 있어서
반드시 긴 대화를 나눌 필요성이 느껴지지 않았다.

우리가 라오스 북부로 올라가기 시작했을 때,
북부에서 내려온 그녀는 베트남으로 빠져나갔다.
그리고 얼마 전 이런 메일을 보내왔다.

나는 지금 베트남의 '나 트랑'에 있어요.
아름다운 해변 도시랍니다.
어제는 자전거를 빌려 마구 쏘다니다가
조그만 어촌에서 길을 잃었어요.
진짜 재미있었죠.
여행이 길면 길어질수록
점점 더 많은 나라에 가보고 싶단 생각이 들어요.
하지만 움직이는 속도는 점점 느려진답니다.
마치 불멸의 생명이라도 지닌 듯,
나는 점점 더 느리게 흘러갑니다….

인형

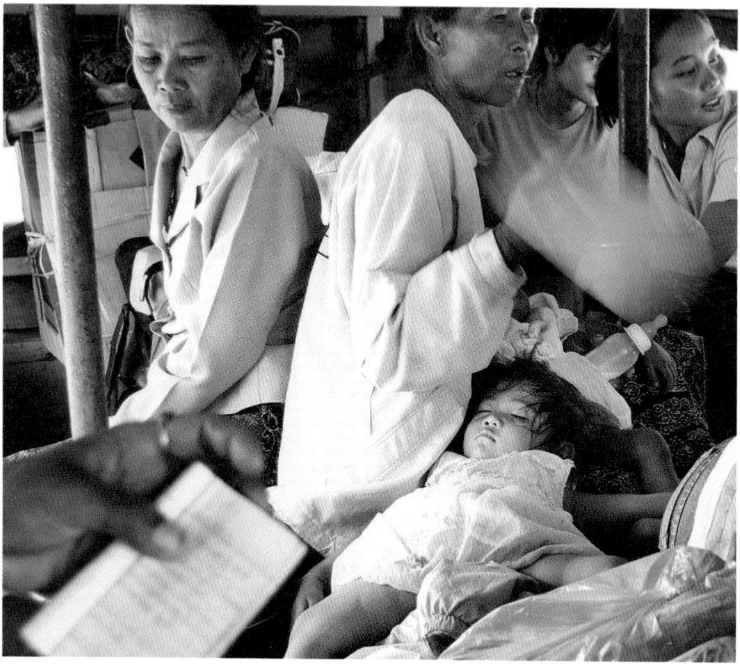

이곳 아이들은 참는 것에 익숙하다.
비좁은 트럭 뒤칸에 몇 시간씩 실려 가도
조용히 엄마를 만지작거리거나,
잠을 자거나,
옆 사람 어깨에 가려 잘 보이지 않는 창밖 풍경을 구경할 뿐이다.

나는 에마에게 농담처럼 말한다.

저도 이곳 엄마들에게서 한 수 배워야겠어요.

열이 나 아프다는 이 아이는
땀을 뻘뻘 흘리면서도 군말 없이 잠이 들었다.

어디서 났을까.
이곳에선 보기 힘든 부드러운 쉬폰 드레스.
햇빛에 바래고 흙먼지에 더러워져
애초의 핑크빛은 거의 사라져버렸다.

드레스와 함께 한국의 헌옷함에서 전달된 것일까.
그녀를 돌보아주는 할머니의 낡은 셔츠 등짝에는
'해초수원' 이란 한글 넉 자가 수수께끼처럼 프린트되어 있다.

에마가 귀에 대고 속삭인다.

꼭 인형 같아요.

그토록 어여쁘면서도
그토록 땀에 젖고 때에 전 애처로운 인형을 본 적이 없어서
한참 동안, 나는 고개를 끄덕이지 못했다.

익숙한 것에 대해 질문하기

또 무슨 문제가 생긴 듯 운전사가 차를 세웠다.
라오스에서는 버스가 두 시간 이상 달리면 반드시 한 번쯤 고장이 난다.
때로는 산꼭대기 구불구불한 길에서
운전사가 너트 빠진 바퀴를 들여다보기도 하고
때로는 그의 갖은 시도에도 불구하고
한정 없이 다음 차를 기다려야 할 때도 있다.

이번엔 기름이 새는 듯 했다.
때마침 탄탄한 평지였으니 기름이 새는 것쯤이야.

각종 고장에 이미 익숙해진 나와 에마는 담담하게 차에서 내렸다.
다른 로컬들도 이때다 싶었는지 우르르 내려서
남자들은 가까운 풀숲에 뒤돌아서서 지퍼를 내리고
여자들은 조금 먼 곳의 풀숲에 쭈그려 앉는다.
에마가 그들을 보더니, 무언가 생각난 듯 웃으며 이야기를 시작한다.

얼마 전 루앙 프라방에서 오는 길이었어요.
버스가 잠깐 서고 사람들이 내려서 소변을 보았어요.
나도 화장실이 급했는데, 어디서 해결해야 될지 알 수가 없었죠.
마침 앞에 있는 라오스 여성에게 물으니,
나를 근처의 집으로 안내했어요.
꽤 깨끗하고 괜찮은 화장실이었죠.
볼일을 보고 나오니,
아까 그 여성이 바로 그 집 앞 나무 밑에서 소변을 보고 있는 거였어요.
난 의아하게 생각했죠.
저 여자는 여기 화장실이 있는 걸 알면서도,
바로 화장실 앞까지 와서도,
왜 밖에서 해결했을까?

나도 웃으며 대답했다.

아마 그 여인도 의아하게 생각했을 거예요.
이 널찍하고 편리한 대지를 두고서
어째서 저 백인 여자는 굳이 좁고 불편한 화장실을 찾아 헤맬까 하고.

우리는 익숙한 것에 대해 질문하지 않는다.
익숙한 것에 대해 웃지도 않는다.
그러나 진정한 질문과 웃음은
우리에게 익숙한 것들 속에 흔하게 숨어 있다.

꽃의 요정

용케도 날마다 아이는 친구를 찾아냈다.
'원 나이트 스탠드'가 아니라 '원 데이 스탠드'였다.
아이에게 친구를 찾아내는 특별한 능력이 있어서가 아니었다.
그곳의 순박한 아이들 모두가
언제나 거리낌 없이 놀 준비가 되어 있었기 때문이었다.

그날 아이가 새 친구와 땀을 뻘뻘 흘리며 축구를 하는 동안
곁에서 구경하던 두 여자아이가 내게 다가와
시키지도 않은 노래를 불러주었다.
두 곡의 노래가 끝난 뒤, 스스로 흥에 겨워 춤까지 춘다.
황홀하여라.
혼자 보기는 차마 아까운 깜찍한 무희들!

레퍼토리가 바닥나자,
두 여자아이는 근처의 꽃들을 꺾어 내게 가져다주기 시작한다.
한 송이 꺾어다주고 깔깔대며 웃고
두 송이 꺾어다주고 또 깔깔대며 웃는다.
그렇게 모인 꽃이 얼추 한 다발이 되었다.

축구를 하던 중빈, 문득 나를 바라보더니 웃으며 말한다.

엄마, 꼭 꽃의 요정 같아!

서른여섯, 돈 콩에서 졸지에 꽃 요정이 되었다.

어느 날 저녁 프랑스 여인이 내게 물었다.
"어린아이와 둘이서만 여행하기가 힘들진 않나요?"
라오스에 있는 동안, 내 대답은 늘 한 가지였다.
"전혀. 지금 이곳에 있을 수 있어 나는 정말 행복하답니다."

그 작은 섬의 커다란 식당

조그만 섬 돈 뎃에서 허기가 졌을 때
우리는 일부러 보트가 서는 지점에서 멀리까지 걸어 들어갔다.
조금 더 마을 깊숙한 곳에서 식사를 하고 싶었기 때문이었다.

그리고 그 식당을 찾았다.
달력 속 라오스의 미녀들이
천장 가까이 빽빽하게 붙어 우리를 반겨주는
운동장처럼 드넓은 식당.

그러나 테이블은 단 세 개뿐.
하루 한 명이나 들까?
몇 안 되는 여행객이 보트가 정박하는 근처에서 식사를 하므로
그 드넓은 식당은 언제나 그렇게 휑뎅그렁할 것만 같았다.

흙길보다 약간 높게 시멘트 바닥이 솟아 있어서
우리는 마치 세종문화회관 대강당 무대에
관객 없이 올라서는 기분이었다.

메뉴판을 살펴보니 황당하기가 그지없다.
장장 이백 여개가 넘는 음식들이
빽빽한 글씨로 나열되어 있는 게 아닌가.
이 가운데 과연 몇 가지나 그 동안 주문이 되었을까.

과연 몇 가지나 현실적으로 조리가 가능할까.
전기도 닿지 않는 이 외로운 섬에서 대강당처럼 넓게 식당의 터를 닦고
온갖 아는 음식 이름을 꼼꼼히 메뉴판에 넣고
다양한 미녀 포스터들을 구해 높다란 천장 밑에 애써 매달았을
주인의 초심을 생각하니,
나는 그 텅 빈 식당이 어쩐지 애잔하게 느껴졌다.

하여, 라오스의 음식양은 푸짐해서 보통 하나만 주문해도
아이와 충분히 먹을 수 있었지만
그 식당에서는 두 개를 주문했다.
우리가 주문한 음식은 커리 코코넛 밀크 라이스와 치킨 누들.

젊고 예쁜 두 아낙이 주방에 들어와
어쩌면 하루 단 한 번에 그칠 조리를 시작한다.

냉장고도 없는 곳에서 어떻게 보관을 했는지
신선하고 커다란 고기 덩어리가 나오고
바지런한 손길로 조각조각 저며진다.

야채를 볶고 국수를 삶는 동안
젊은 아낙들의 얼굴이 벌겋게 달아오른다.
땀에 젖는다.
찍어내듯 만드는 우리네 식당과는 다른,
귀한 손님을 대접할 때의 집중과 정성이 이곳에 있다.

식사가 나왔다.
엄청난 양의,
엄청난 맛의,
밥과 국수였다.
사람이 들지 않는 식당은 맛도 정성도 없다는
자본주의의 논리는 이곳에서 통하지 않는다.

끈덕지게 우리의 점심에 파리들이 끼어들지만
그 또한 관대한 마음이 든다.
그들도 종일 이 드넓고 텅 빈 식당에서 굶주린 채 날아다녔을 것이다.

엄청난 양의 식사를 남김없이 해치웠다.
정성스런 음식은 뻐근하게 위를 채울 뿐 아니라
마음까지도 나른한 만족감으로 차오르게 한다.

계산을 위해 주인아주머니를 찾자
슬리퍼를 끌며 날아갈 듯 가볍게 다가오는 그녀,
음식만큼이나 푸짐한 미소를 머금고 있다.

몇 달러에 불과한 지폐를 내놓으면서
살아오며 수없이 반복했던 돈을 꺼내 내어놓는 행위,
이토록 서로에게 꼭 필요하면서
이토록 순수히 서로를 기쁘게 했던 일,
단 몇 번이었나 헤아려보았다.

보트가 잠깐씩 주변 섬
언저리를 지날 때
가끔은 나무들이 그늘을 드리워
얼음처럼 차갑게
정수리가 깨어나고는 했다.
그토록 정겨운 차가움이라니.

자발적 물러남

돈 뎃에서 원 데이 스탠드를 찾는 것은 정말 간단한 일이었다.
바닥에 축구공을 내려놓기만 하면 되었으니.

공이 바닥에 닿음과 동시에 시작되는 '아무나 다 와!' 축구.
웃음과 왁자함과 황당한 룰이 난무한다.

공은 지붕 위에도 올라가고
허술한 울타리도 당근 넘어가고
해먹 위에서 자고 있는 아저씨의 배 위에도 올라간다.

그렇게 신명난 아이들 발길에서 온갖 경계를 넘나들다가
마침내 축구공은 '에고, 못 살겠다. 날 좀 내버려 둬!' 하며
메콩 강물에 투신하기도 한다.

그러면 중빈이 끼약 비명을 지르고
개중 한 소년이 담담하게,
그러나 신속하게 옷을 벗어던지고 강물로 뛰어든다.
물고기처럼 헤엄쳐 공을 낚아채는 소년.
입을 떠억 벌리고 숨을 못 쉬는 중빈.

힘껏 놀다가도, 우리가 식사를 할 때쯤이면 아이들은 조용히 사라진다.
식당 주인이 소리쳐 쫓아내는 것도 아니며

내가 부탁을 하는 것도 아니다.
모든 건 자발적으로 이루어진다.

자발적인 물러남.
이것은 라오스의 커다란 미덕이다.
어른이든 아이든 아무도 거칠게 나서지 않으며
심지어 노천 식당 근처를 배회하는 개와 고양이까지도
자신의 자리를 잘 알고 있는 듯하다.

단 한 번, 사람들이 식사를 마치고 떠난 테이블 위로 올라와
접시를 핥는 발칙한 고양이를 보았을 뿐,
젖이 주렁주렁 달린 어미 개조차
선을 넘어 음식을 탐하는 것을 보지 못했다.
라오스인들이 재화나 각종 욕망에 무심하듯이
그들의 개나 고양이도 허기를
삶의 일부로 적절히 받아들이는 듯 보였다.

이 자발적인 물러남의 배경에는
세상엔 안달할 것도 애달플 것도 없다는 식의
초월적 삶의 자세가 깃들어 있다.

놀라운 것은, 모두 한데 안달하고 적극적으로 애태울 때보다
이런 물러남 가운데에서 인내하고 양보할 때 서로를 덜 다치게 하며
더 원활하고도 질서정연한 일의 흐름을 지켜볼 수 있다는 것이다.

내가 물러나 있는 사이, 네가 더 이익을 볼 수도 있다.
우리는 '어째서 너만 이익을 보았는가?' 라고 따질 것이다.
그것이 우리가 믿는 합리적인 사고이다.
그러나 라오스인들은 '누군가 이익을 보았으니
그러면 되었다'고 사고한다.
네가 오늘 뜻밖의 이익을 보았으니
나도 언젠가 뜻밖의 이익을 볼 것이라고 차분히 기대하면서.

젖을 먹이는 여인

우리는 언제나 승자가 되기를 바란다.
우리에게 차분한 기다림이란 나태함을 의미한다.
라오스인들은 패자가 되기를 두려워 않는다.
그들은 생각한다.
인생에서 이기고 지는 것은 순서의 문제일 뿐이라고.
진정한 승자도 패자도 없는 것이다.

서두르거나 불평한다고 해서
인간의 힘으로 본질을 변화시킬 수 있는 것은 없으며
오직 변하는 것은 마음의 균형이 깨어지는 일뿐이라는 것을
이미 터득하고 있는 사람들인 것이다.
우리가 오랜 명상과 고도의 훈련을 통해 도달하는 정신의 경지에
이미 생래적으로 도달해버린 사람들인 것이다.

위대한 스승 앞에서 우리가 그러하듯이,
나는 하루에도 몇 번씩 갈라진 발바닥 사이로
검은 때가 가득한 그들 앞에서
바닥까지 몸을 낮추어 절하고픈 기분에 사로잡히곤 했다.

공을 건져올린 소년

SPORTS

죽고 싶지 않아!!

드디어 전기가 없는 곳까지 왔다.
밤이면 촛불을 켜고 전깃줄이나 인공조명의 방해 없이
온전한 별빛을 바라볼 수 있는 라오스 최남단의 두 섬,

돈 뎃 & 돈 콩.
조그만 두 섬이 다리로 연결되어 있다.

오토바이 소리조차 들리지 않는다.
모터를 이용한 모든 동력의 잡음이 숨을 멈춘다.
흙을 밟고 걷는 소리,
새들이 퍼덕이며 하늘로 솟구치는 소리,
그때 건드린 나뭇잎의 남은 흔들림,
물속으로 풍덩 뛰어드는 아이들의 재잘댐이 있을 뿐이다.

자그만 섬의 산속에서 우리는 또 길을 잃는다.
좁은 길을 따라 자전거를 타다 보면
어찌된 일인지 언제나 막다른 끝과 만난다.

숲 한가운데서 제각각 쉬를 하고
이제 어디로 갈까를 고민한다.
이럴 때 별 도움이 안 되는 내 작은 파트너는
뱀들이나 다닐 법한 한 뼘 너비 숲길을 굳이 선택하며
자전거로는 그리 갈 수 없다는 말에 뾰로통해져 있다.

정글에서의 질주

그러나 여기가 진짜 정글이라는 말에
아이는 힘을 낼 건수를 찾아냈다.

우리 라오스 호랑이에게 잡히면 어떡하지?
힘껏 페달 밟아, 엄마!

너 그거 아니?
호랑이는 널 먼저 먹을 거야. 너는 통통하고 부드럽고 즙도 많으니까.
엄마는 너무 늙고 질겨서 맛이 안 좋거든.

아냐, 호랑이는 엄말 먼저 먹을 거야.
엄마는 나보다 더 크고 살도 더 많으니까.

천만에… 이런 거란다.
너는 말하자면 작은 크림 케익이고
엄마는 커다란 밥 한 공기지.
너라면 뭘 먼저 먹겠니?

…케익.

그렇지?

알겠어.
어쨌든 페달을 더 빨리 밟아!
난 죽고 싶지 않아!!

엄마는 늘 새로운 길은 가보는 거라고 말하면서,
왜 왔던 길로 되돌아가자는 거야?
우리는 지금 모험을 하고 있는데!

삶의 피로 – 버스에서 자라는 아기

버스의 바닥은 각종 짐 더미로 발 디딜 틈이 없었다.
운전사 외에도 두 명의 차장이 있었는데, 부부였다.
그들에게는 아직 태어난 지 일 년이 채 되지 않은 사내 아기가 있었다.

아비는 차를 정비하거나 짐을 싣고 내리는 일을 했다.
운전사에게 음료를 가져다주는 것 같은 잔심부름도 그의 몫이었다.
어미는 바닥 가득 쌓인 짐을 넘어 다니며 차비를 걷는다.

한참 기어 다닐 때인 아기는 맘껏 활보할 수 없는 것이 불만이다.
어미의 한쪽 손이 차비를 걷고 있기에
다른 한쪽 팔에 대롱대롱 매달린 채 끝없이 칭얼대고 버둥댄다.
어미는 인내심 있게 돈을 세면서 동시에 아기를 어르고
과자를 주거나 짬짬이 노래를 부른다.

버스가 출발하고 아기가 더 크게 울어댄다.
조금 한가해진 아비가 아기를 번쩍 안아, 맨 앞 유리창으로 데려간다.
그곳엔 어딘가로 실려 가는 플라스틱 의자들이
십수 겹 높게 쌓여 있다.
아비는 아기를 그 꼭대기에 올려놓는다.
라오스의 모든 버스가 그러하듯, 그들의 바로 옆,
달리는 버스의 앞문은 활짝 열려 있다.

가난하고 늙은 아비의 첫 아들은 위태위태하게 흔들리는 의자
꼭대기에 앉아 울음을 뚝 그친다.
휙휙 지나가는 창밖 풍경에 신이 나 엉덩이를 들썩이면서.
늙은 아비가 내가 있는 곳까지 들리도록
흡족하게 웃음을 터뜨린다.
그 사이 늙은 어미는 비닐봉지를 꺼낸다.
끈끈한 주먹밥이 그 안에 있다.
방금 전까지 검은 돈을 세던 손으로 그녀는 밥을 뚝뚝 떼어 입에 넣는다.

아기는 아기답게 뭐든 금방 질린다.
어느덧 창밖 풍경에 무관심해지고
이제 바닥을 기어 다니겠다며 성화를 부린다.
열린 앞문 때문에 불안해진 아비가 커다란 곡물 자루로 아기 앞을 막자
아기는 다시 제 갈 길을 막았다 울음을 터뜨린다.
어미가 달래볼 요량으로 젖병 꼭지를 쓱쓱 문질러 건넨다.
아기가 그것을 던져버린다.
젖병은 버스 바닥에서 이리저리 발길에 차인다.
차이다 입속에 들어가고 차이다 입속에 들어간다.

버스가 또 고장이 나고 멀지 않은 거리는 다시금 한나절을 잡아먹는다.
잠이 들듯, 잠이 들듯, 끝까지 잠들지 않는 아기는
그 긴 시간 동안 쉬지 않고 칭얼거린다.

내가 어미라면 충분히 이성을 잃을 만큼 긴 시간,
내가 아비라면 몇 번이라도 윽박지르고 말았을 만큼 긴 시간,
늙은 부부는 술잔을 건네듯 시종일관 같은 표정과 목소리로
흔쾌히 아기를 주거니 받거니 한다.
쉽게 잠들지 않는 아기의 불만을 두말없이 달래고 위로하면서.

아기는 하루아침에 소년으로 자라지 않을 것이다.
버스는 한참을 더 달릴 것이고 아기는 한참을 더 울어야 할 것이다.
어미는 자기 것이 아닌 돈을 세면서도 틈틈이 노래를 부르고
아비는 위태로운 의자에 아기를 앉히고도
간간이 너털웃음을 터뜨릴 것이다.

주어진 것이 적다 쉽게 지치지 말라.
삶의 고단함이란 지극히 상대적인 것.
그대에게 적게 주어진 것이
다른 누군가에게는 크게 주어진 것일지니
두말없이 가진 것을 보듬는 것만이
그대를 나아가게 하리라.

사반나케트 Savannakhet

태국과 베트남을 연결하는 상업도시,
라오스에서 가장 인구가 조밀한 그곳에는
골목이 있어.
집과 집 사이,
사람과 사람 사이,
조곤조곤 속살대는 소리가 들려오고
따뜻한 밥 냄새가 떠돌지.
어깨를 부딪치며 바삐 지나가는 사내와
일없이 대로 가운데를 벌러덩 차지한 개가
한 프레임 안에 담긴다지,

조화롭게도 그곳에서는.

진짜 봉이 되는 법 - 뚝뚝 기사

라오스 남부에서는 흥정하려 들지 말라.
삶과 흥정하지 않는 이들과 흥정을 벌이는 것은 어리석은 일이다.

이들은 대체로 정직하다.
만일 당신이 속는단 느낌을 받는다면
그사이 심하게 불안정한 킵(10kip은 1원)의 가치가 하락했거나,
가이드북의 정보가 업데이트 되지 않았거나,
당신이 단위 큰 돈을 다루며 혼란을 겪고 있거나,
셋 중 하나다.

드물게 정말로 당신을 속이려 드는 사람을 만날 수도 있다.
그럼 그때엔 두말 않고 속아주라.
당신이 만난 100명의 사람 가운데
99명이 당신에게 정직했고 정겨운 미소를 보냈다.
그런데 오직 한 명이 당신을 상대로
그것도 종종 1달러 내외의 얄팍한 속임수를 쓰려 한다면
99명에게 감사하는 마음으로 나머지 한 명을 기꺼이 끌어안으라.

그 한 명에게 속는다 해도 당신은
여전히 확률적으로 엄청난 행운아이므로.

사반나케트에 도착한 그날,
뚝뚝 기사가 나를 봉으로 생각했다.
터미널에서 게스트하우스까지 3달러를 부른 것이다.
실은 그 반의 반이면 적절한 가격이었다.
라오스에서 나는 웬만하면 흥정하지 않기로 했으므로 그대로 탔다.

그런데 조금 뒤 그가 현지인 두 명을 더 태우자고 했다.
그 둘이 각각 1.5달러씩 내기로 했다면서.
본래 인원이 많아질수록 뚝뚝 승차비는 n분의 1이 된다.
나는 좋다고 했으나 대신 2달러만 부담하겠다고 했다.

여전히 그는 내게 바가지를 씌울 수 있으면서
동시에 다른 승객까지 모셔갈 수 있는 좋은 제안이라고 생각했다.
이쯤이면 누이 좋고 매부 좋은 것 아닌가.

그런데 그는 곧 다른 두 명을 포기하고 운전석에 올라탄다.
거짓말을 했던 것이다.
말하자면, 그 둘의 승차비가 내가 깎은 1달러에도 못 미쳤던 것이다.
몇 배의 바가지를 씌우고도 모자라
거짓말을 해가며 더 많은 이익을 남기려 들었던 그가 조금 괘씸해지면서
이제 순박한 라오스 남부에서 멀어지고 있음을 피부로 실감했다.

그러나 뚝뚝이 출발하고 사이드 미러 속에서
그의 먼지와 피곤에 찌든 얼굴을 보았을 때
나는 곧 후회했다.

그 둘을 태우든 태우지 않든 어차피 3달러는 내는 것이다.
그렇다면 기왕에 봉이 되는 것,
철저히 봉이 되어 줄 수도 있었다.
선선하게,
따지지 않으며,
친절히 내어주는,

진짜 봉.

때론 누이만 좋은 것도
매부만 좋은 것도
나쁜 것이 아니다.
적어도 둘 중 하나는 기쁘니 나쁜 것이 아닌 것이다.
여행 중인 누이가 노동 중인 매부에게 양보할 때라면 더더욱.

내가 보고 있다는 것을 아는지 모르는지
그는 광대뼈가 두드러진 핼쑥한 얼굴로
사이드 미러 속에서
끊임없이 곤한 하품을 해댔다.

라오스에서 여러 날을 보내고 나서도,
나는 아직 제대로 봉이 되는 방법을 모른다.

바쁜 마음은 언제 어디서나

비교적 물질의 유혹에 강하다 자부하지만, 번번이 느낀다.
물질의 세계에서 한 단계 올라가는 것은 수월한 반면,
한 단계 내려가는 것은 언제나 도전이 된다는 것을.

사반나케트의 그 게스트하우스가 내게는 도전이었다.
도착한 시각은 거리가 텅 비어버린 한밤중이었고
고작 한 블록을 더 움직이는데 일 달러를 더 요구하는 뚝뚝 기사와는
냉정히 결별하였다.
피곤한 아이를 데리고 몇 블록을 움직였으나
결국 우열을 가리기 힘든 두 게스트하우스 가운데
하나를 선택해야 할 순간이 왔다.

울며 겨자 먹기 식으로 선택한 그곳은 개미들의 천국이었다.
개미는 이미 익숙해진 곤충이었지만
손가락 마디만큼 큰 붉은 개미는 예외였다.
짐을 풀어놓자 칫솔이며 속옷이며 할 것 없이
위협적인 붉은 개미떼들이 줄지어 덤볐다.

괜찮아. 조금 덩치 큰 개미일 뿐이야.
우리가 뭘 가지고 왔는지 궁금해 하는구나.

아이에게는 그렇게 이야기했지만

갈 데만 있다면 당장이라도 짐을 싸서 나가고 싶었다.
비단 개미뿐만이 아니었다.

무슨 생각으로 그리 달아놓았는지,
세면대는 내 목 높이까지 올라와 있어 무용지물이었고
그나마 수도꼭지는 고장이었다.
쓸 수 있는 물이라곤 커다란 고무통 속에 받아 놓은 검은 물뿐.
쭈그려 앉아 사용하는 변기의 대소변을 내리기 위한 물이었다.

서늘한 밤,
찬물로 아이를 씻길 수 없어 주인에게 부탁하니
차를 데울 때 쓴다는 전기 보온병을 가져다준다.
고무통 속에서 검은 물을 퍼 담아 데우고, 다시 고무통 속에 붓는다.
고무통은 크고 보온병은 작으니
한두 번 반복해서 물이 미지근해질 리가 없는데
구식 보온병은 한번 끓어오르는 데만 반 시간을 잡아먹는다.

나는 그리워했다.
바로 그 직전에 머물렀던 게스트하우스를.
수세식 변기에 온수가 콸콸 쏟아졌던 그곳.

나는 계산했다.
3분의 2 가격으로 호텔같이 넓고 깨끗했던 그곳.

내게는 침울해질 충분한 시간이 있었다.

아무리 쓸어내도 개미군단은 중공군처럼 밀려들었으며
보온병은 그 곁을 초조하게 서성이는 나를 아랑곳않고
더디게,
매우 더디게,
끓어올랐기 때문이었다.

간신히 먼지투성이 아이를 씻기고 나서
남은 물로 나도 씻었다.

씻는다는 행위는 우리의 생각을 멈추게 하고
기계적인 동작을 반복하게 한다.
그리하여 비록 검고 미끌거리는 물이라 해도
씻고 난 뒤 우리의 정신은 다소 정화될 말미를 갖게 된다.

화장실에 서서 차분히 바라보니, 개미들은 늘 가던 제 길을 가고 있었다.
누군가 그들에게 적의를 지닌 채
보온병 곁을 서성일 때나 그렇지 않을 때나
변함없이 그들만의 행진을 계속하고 있었던 것이다.

그들은 우리를 물거나, 우리의 물건을 약탈하지도 않았다.
그들은 오래 전부터 자신들만의 끈질긴 질서 속에 이곳에서 살고 있었고
오늘 그들의 영역에 침범한 것은 우리였다.

또다시 생각해보니, 나는 결국 하고자 하는 것을 다 이루었다.
검은 물이었지만 씻기에 충분한 물이 있었고

느림보 보온병이었지만 더운 목욕을 할 수 있었다.
어서 게스트하우스에 들어가 더운 물로 목욕하고 쉬어야지 했던
여행자의 소박한 애초 계획으로부터 아무런 어긋남이 없었던 것이다.

그러므로 진정 나를 힘들게 했던 것은 '이곳',
키 높은 세면대나 고장 난 수도꼭지가 아니었다.
더 나았던 어제를 오늘과 비교한 상실감이었고
더 못한 오늘에 더 많은 돈을 치러야 한다는 억울함이었다.

상실감과 억울함에 휩싸인 바쁜 마음은
내가 새롭게 도착한 '다른' 곳을 '못한' 곳으로 섣불리 결정내리고
어서 다시 떠날 것만을 종용했던 것이다.

이제야 알 것 같다.

바쁜 마음은 언제 어디서나
못한 점을 찾아내고 떠나고 싶어한다.

화장실에서 나왔을 때 아이는 이미 잠들어 있었다.
개미들이 너그럽게 행진을 양보한 침대 위에서.

나의 들끓던 마음도 잠들어 있었다.
나는 불을 끄고 아이 곁에 누웠다.

바람이 유난했던 그 밤, 오래된 목조 가옥에서는
늦도록 개미들의 바스락거림이 쉼 없었다.

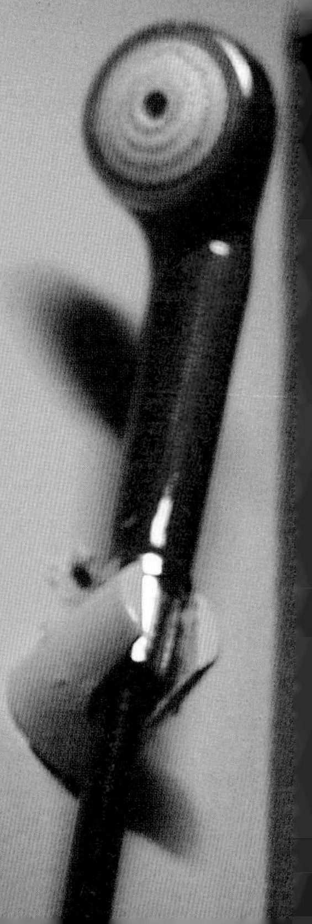

공룡 박물관

이렇게 귀여운 공룡 박물관을 보신 적 있습니까?
이 소박한 건물 안에선 디플로도쿠스도 한껏 몸을 낮춰야만
자신의 위용을 과시할 수 있답니다.

벽에 걸린 공룡 포스터들은 솜씨 좋은 누군가가
직접 글을 쓰고 그림을 그린 것들입니다.
글자체는 일관성이 없고 수채화 물감은 이미 누렇게 바랜 지 오래이지만
아이들은 조금도 개의치 않는 듯합니다.

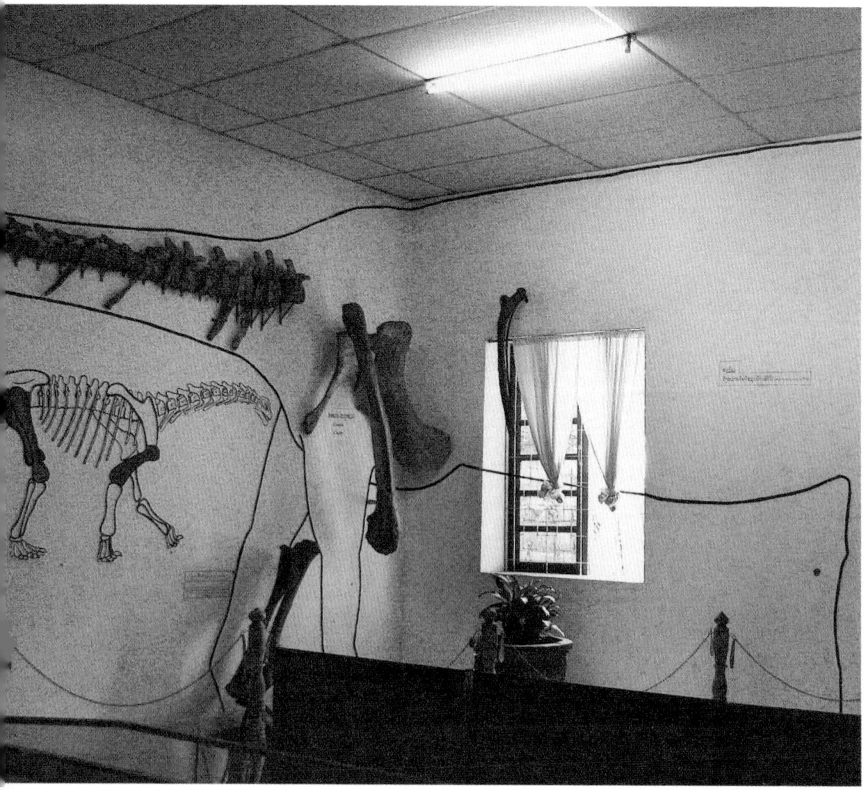

각종 화학재료를 사용한 공룡모형이란 있을 수 없습니다.
그 대신 사반나케트에서 발굴된 진짜 뼈들이
덩그마니 유리 상자 속에 누워 있고요,
누구라도 그 뼈들을 머릿속에서 일으켜세우고 조각조각 맞춰서
자신만의 공룡모형을 만들어내야 합니다.

아무도 당신의 상상력을 대신 구현해주지 않아요.
그러나 아무도 당신의 상상력을 제한하지 않지요.
이곳에선 당신이 꿈꾸는 꼭 그 만큼만
공룡이 당신에게 다가옵니다.

공룡만 당신에게 다가오느냐고요?
아니요, 어여쁜 아가씨도 보너스로 다가온답니다.
영어로 당신에게 인사를 건넬 수는 있지만,
공룡에 대해 안내해주는 건 절대 불가능한 안내요원이랍니다.
그 아가씨는 제대로 설명을 못 해주지만
대신 계속 당신 곁을 떠나지 않고 서서 웃어줄 겁니다.

그러니, 제 말이 맞지요?
모형도 설명도 없는 이곳에선
그 누구도 당신의 상상력을 제한하지 않는다는 것.

아기 얼굴에 햇빛이 쏟아지지 않도록
굽이굽이 산길을 도는 세 시간 내내
엄마는 교묘하고도 불편한 자세로 낮잠을 잔다.

엄마가 된다는 것은

나와 자는 아이 얼굴에 햇빛이 동시에 비추면
아이 얼굴을 먼저 가린다.
오랜, 그러나 이제는 그만해도 좋을 습관이다.

생선살을 바르면 맛을 보기도 전에
먼저 아이 밥숟가락에 올려 놓는다.
이 또한 오랜, 이제는 그만해도 좋을 습관이다.

습관을 버리는 것은 이렇게 적잖은 시간을 요구하는데
습관이 형성된 것은 어느 날 갑자기
생명의 탄생과 함께 저절로였다.

내가 기억하는 엄마의 품은
늘 따뜻하였다.
그리고 늘 부드러웠다.
끈적여도 덥지 않았고 땀내조차 달콤하였다.
그 품에서는 툭하면 잠이 쏟아졌다.

나는 내 아이도 먼 미래에
나를 그저 포근한 품으로 기억해주길 바란다.
내가 조바심에 차 그 이상의 것을 주려 한다면,
혹여 등을 떠밀고 앞에서 당기려 한다면,
단호한 어조로 거절해주길 바란다.

엄마가 된다는 것은
저항 없이 삶을 받아들이게 된다는 것이다.
자신의 생을 부려놓을 자리,
그리고 그 자리에서 해야 할 일들에 대해.

받아들인 뒤에 생은
당신에게로 온다.

스며들기 — 사반나케트의 친구들

사반나케트의 광장에 어둠이 내리기 시작했을 때
동네 아이들은 이미 저마다 무리지어 완결된 놀이를 하고 있었다.
연을 날리거나,
축구를 하거나,
고무줄놀이를 하면서.

대체로 중빈보다 나이가 많은 아이들이었다.
이미 놀이에 푹 빠져, 우리에겐 시선조차 주지 않았다.

라오스의 4대 도시 가운데 하나인 이곳 사반나케트에서는
남부의 시골에서처럼 공을 내려놓는 것만으로
중빈에게 관심을 가져주는 아이가 하나도 없었다.

언제나 행동보다 긴 관찰을 앞세우는 중빈,
광장의 아이들을 하나하나 살펴보고 섣불리 결론을 내렸다.

내가 놀 수 있는 아이는 없어.

그렇지 않아.
놀이란 언제든지 바뀔 수 있어.
새로운 아이가 들어올 수도 있고
그 아이 때문에 새로운 놀이가 시작될 때도 있어.

엄마는 자전거 타고 이 주변을 한 바퀴 돌고 올 테니
그동안 놀 만한 아이를 찾아봐.

전기도 없는 곳에서 우리가 축구공을 선보였을 때처럼
당신이 매력적인 것을 소유했을 때 사람들이 다가오는 것,
이미 다가온 그들과 어울리는 것은 쉬운 일이다.

그러나 특별한 매력도 없이 사람들에게 다가가는 것,
그들과 조화롭게 어울리는 것은 쉬운 일이 아니다.
아무도 당신에게 관심이 없는 까닭이다.

나는 아이가 그 어떤 우위도 없이 혼자 힘으로
아이들에게 다가가 섞여보도록 기회를 주고 싶었다.

자전거를 타고 주변을 거닐다 돌아왔을 때 아이는 여전히 혼자였다.
동네 아이들의 놀이는 거세고 동작은 커서
내가 보아도 단 한 명, 만만하게 말을 걸 수 있는 아이가 없었다.
안타까운 생각이 들었지만, 부러 말했다.

엄마 한 바퀴 또 돌고 올게. 그동안 더 찾아볼래?

아이는 붙잡고 싶은 얼굴로 나를 바라보았으나, 붙잡지는 않았다.
나 또한 '어른의 권위'로 동네 아이들 놀이를 깨고
중빈을 끼워 넣을 수 있었으나, 그러지 않았다.
다시 무거운 마음으로 페달을 돌렸다.

멀리서 바라보니,
아이가 축구공을 껴안은 채로 광장 끝에서 끝까지를
몇 번이나 왔다 갔다 한다.

중빈이 지금 취해야 할 행동은
누구든 노는 아이의 어깨를 잡아 동작을 멈추게 한 뒤
그 아이에게 자신의 존재를 알리고
축구를 하고 싶다는 의지를 표현하는 일이다.

그리고 내가 지금 취해야 할 행동은
중빈이 수줍고 수동적인 관찰자에서 벗어나
구체적으로 접근할 때까지 기다리는 일이다.

단 몇 마디만으로 상황을 간단히 해결하고픈 마음이 들끓어 오르는 것을
애써 가라앉히며 다시 아이에게서 멀어지는 동안
점점 밀도 높은 어둠이 광장을 뒤덮는다.

마침내 중빈이 고무줄놀이를 하는 아이들 틈으로 걸어 들어간다.
모기만한 소리로 말을 건다.
아이들이 듣지 못한다.

더 크게 말을 건다.
그중 한 아이가 흘낏 중빈을 본다.
그대로 무시한다.
더, 더 크게 말을 한다.

드디어 아이들이 놀이를 멈추고 중빈을 쳐다본다.
생김새도, 언어도 낯선 꼬마가 거기에 있다.

아이들은 일제히 낄낄댄다.
귓속말을 하며 중빈에게 손가락질을 한다.
그리고 다시 하던 놀이를 한다.

중빈의 어깨가 축 내려간다.
아이들이 놀이를 하는 한 귀퉁이에서
중빈은 벌을 서는 아이처럼 고개를 숙인 채 하염없이 공을 들고만 있다.

얼마나 시간이 흘렀을까?
중빈이 그중 한 사내아이에게 툭,
떨어뜨리듯 힘없이 공을 굴려 보낸다.
그 아이가 공을 피해 다른 아이들에게로 간다.

아이들이 또 와르르 웃는다.
벌게진 중빈의 얼굴에 눈물이 괴는 듯하지만,
용케도 방울져 떨어지지는 않는다.

그때 개중 나이 많은 여자아이가
예의 사내아이에게 공을 차라고 종용한다.
사내아이가 슬금슬금 무리에서 걸어 나와 중빈에게 공을 되찬다.

중빈의 어깨가 0.1초만에 쓱 올라가고
이 순간만을 기다렸다는 듯 온 힘과 온 마음을 모아
다시 공을 사내아이에게 쏘아 보낸다.

사내아이가 빨라진 공을 받지 못하고 다른 아이가 받아 찬다.
아이들이 하나둘 공을 향해 뛰어간다.
고무줄놀이는 끝이 났다.
드디어 축구가 시작되었다.

시계를 보니, 어느새 한 시간 반이 흘러 있었다.
나는 중얼거렸다.

참으로 지독한 엄마의 지독한 아들이다…

비로소 자전거를 몰고 아이들에게 가까이 갔다.
내게 굴러온 공을 주우러 중빈이 다가왔을 때,
아이는 어렵게 사귄 소중한 친구들과 노느라
평소보다 몇 배나 얼굴이 상기되어 있었다.

나는 온 힘을 다해 꼬옥 끌어안아주었다.

혼자서도 멋지게 잘 해냈구나.
고맙다.
정말이지 네가 자랑스러워.

시작이 길었던 만큼, 끝도 길었다.
그날의 놀이는 밤이 무르익도록 끝날 생각을 하지 않았다.
술래잡기로,
치기장난으로,
이웃아이가 들고 온 갓 태어난 강아지로.

JB!
JB!

무슨 노래 가사처럼
아이들이 동시에 여러 곳에서
연신 그 이름을 불러댔다.
간지럼을 태우고,
손을 잡고,
어깨동무를 하면서.

어린 시절, 낯선 무리에 끼어들던 첫 순간이 생각난다.
이사를 갔을 때,
분반되어 다른 반으로 옮겨 갔을 때,
크리스마스날 단지 선물을 받기 위해 교회에 놀러 갔을 때…

그때 그들은 단단하고 큰 바위 같았고
나는 하나의 빗방울 같아서 끼어들 자리를 찾기가 쉽지 않았다.
그들 가운데 한 사람의 미소가 고마웠고
우연한 질문이 반가웠다.

서걱거리는 새 어휘들에 열심히 귀 기울이다보면
어느새 큰 바위 어디쯤인가에 스며들어 있곤 했다.
때로는 끝끝내 밑으로 굴러 떨어지기만 했다.

이제 내가 빗방울이 될 기회는 점점 줄어든다.
보송보송한 빗방울을 만날 기회도 점점 줄어든다.
하지만 아이는 무수히 스며들거나 하강할 것이다.

덜 아프게 스며드는 것,
바닥으로 떨어짐이 딱딱한 교훈이 되는 것,
어미로서 기원할 수 있는 것은
그 정도일 것이다.

사반나케트 광장

Canon

생에 반드시 있어야 하는 것

이곳에서 밤길을 떠도는 여행자는 묻게 된다.
우리의 생에 반드시 있어야 하는 것,
없으면 안 되는 것의 목록은 과연 몇 가지나 될까?

어두운 길가를 향해 열려 있는 문,
낡은 기타와
달빛에 젖은 그림자,
보았으나 보지 않은 척하는 타인의 온유한 시선,
손 안에 쥐어진 다른 손의 온기,
어둠의 끝에서 변함없이 기다리고 있는 아침.

어쩌면 그런 것들,

그 단 몇 가지 것들.

라오스인들은 묘비명을 쓰지 않아요.

그들은 믿지요.

사람이란 글로써 흔적을 남길 수 없는 존재라고.

여행의 힘

밭을 매는 여인을 보았어요. 숲을 개간한 밭이었지요. 여인은 뙤약볕 속에서 일하고 있었어요. 허리를 한 번도 펴지 않아, 나는 처음에 그녀가 사람인 줄도 잘 몰랐어요. 허수아비이거나 밭에 버려진 옷감 정도인 줄 알았죠. 한참 만에 그녀가 일어났을 때, 그녀의 휜 다리를 보고 구루병 환자라는 걸 알았어요. 모유에 영양이 없어진 뒤에도 젖에만 의지하는 아이들에게 나타나는 병 말이에요. 여기선 흔한 병이죠. 나는 대체 그녀가 그런 다리로 어떻게 그토록 오래 쭈그려 앉아 있을 수 있었는지 신기할 따름이었어요. 그리고 내 삶에 대해 질문하게 되었죠. 얼마나 훌륭한 것들이 그 안에 있는가. 얼마나 혜택받은 것인가. 왜 고국에서는 미처 그것을 깨닫지 못했었는가.

그것이 여행의 힘이겠지요. 여행이란, 의도적으로 길을 잃고 제자리로 돌아오는 행위니까요. 그러나 당신이 이들의 불우함으로부터 당신의 자리가 우월하다는 것을 깨닫는 데 그친다면 여행의 힘은 오래가지 못할 거예요. 당신보다 양적으로 더 우월한 자들은 세상의 저편에 얼마든지 있으니까요. 이들의 존재가 쉽게 당신을 일으켜 세웠듯 그들의 존재는 또 쉽게 당신을 넘어뜨리겠지요. 당신의 질문은 그 너머에 있어야 해요. 내 삶은 어찌하여 훨씬 더 나은 조건 속에서도 초조해 하는가. 끊임없이 더 많은 것을 원하는가. 쉽게 지치고 자신과 불화하는가. 그 이유에 대해서 말이에요. 진정한 여행의 힘, 그것이 주는 깨달음이란, 떠나 있을 동안만 당신을 부축하는 것이 아니라 제자리로 돌아간 뒤에도 당신을 부축할 수 있는 것이어야 해요.

리틀 노마드

엄마와 함께 하는 세 번째 여행.
아이도 나름 전문가가 되어간다.

어느 날 게스트하우스 로비에 앉아 있는데,
한 배낭여행객이 들어와 방값을 물으니
주인아주머니가 7달러라고 한다.
내가 아이의 귀에 대고 투덜댔다.

뭐야, 우린 9달러 주고 묵는데! 바가지야?

아이는 주인아주머니가 여행객을 안내하는 것을
끝까지 바라보더니 말했다.

진정해, 엄마.
저 아저씨 방은 일층이야.
우린 이층이잖아.
전망도 좋고 발코니도 있어.
이층 방이 더 비싼 건 엄마도 알지?

물건을 살 때 아이를 보내면 언제나 현지인 가격이었다.

싸바이디! 안녕하세요! 하고 들어가

곱짜이 라이라이! 대단히 고맙습니다! 하고 나오면

아무리 험상궂은 가게주인도 껄껄껄 웃음을 터뜨렸다.

라오스에 있는 동안 아이는 거스름돈 셈하는 법을 터득했다.

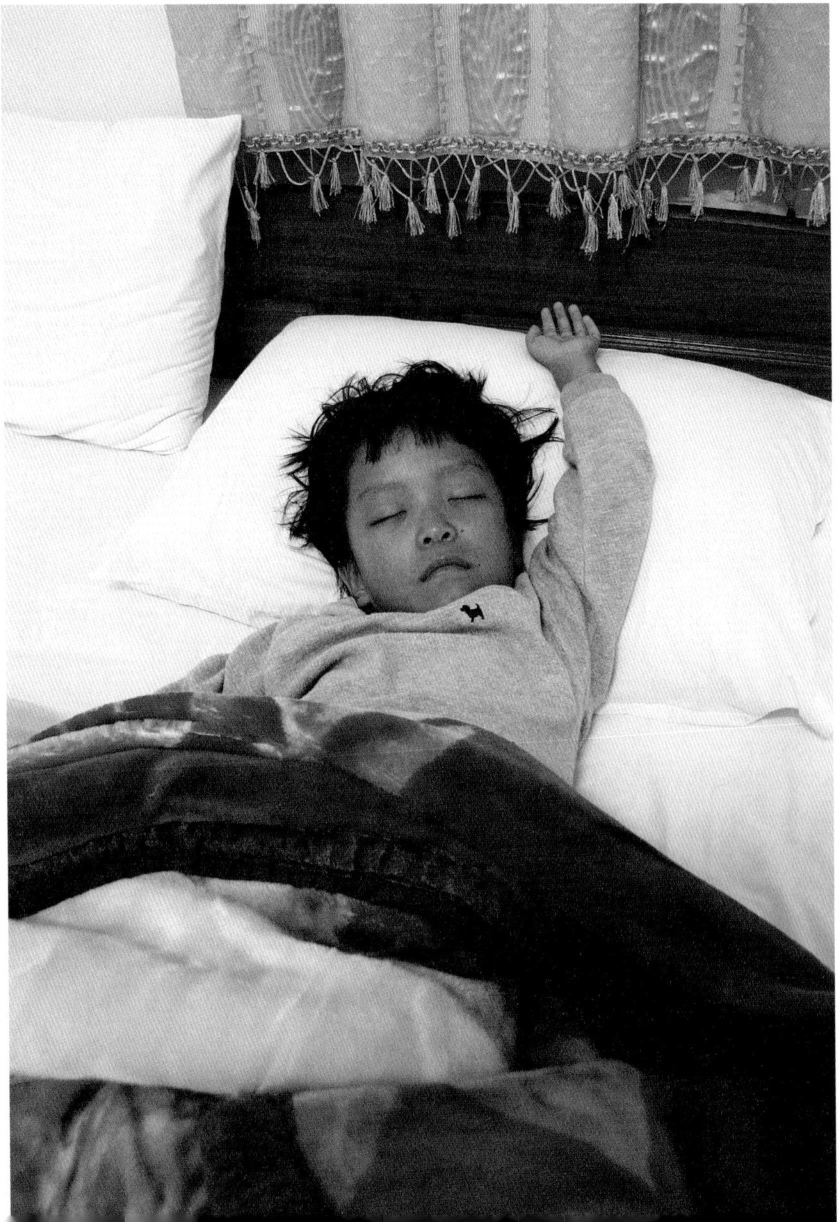

솎아내지 않고, 어리광부리지 않고

나라면 말할 것이다.
흔들리는 짐꾸러미 위에서 아이를 키워야 하므로 낳고 싶지 않아요.
당신이라면 말할 것이다.
아직 나무집 한 채 변변히 없으므로 결혼하지 않겠어요.

흔들리는 짐꾸러미나 나무집 한 채는
당신과 내가 '폼'으로 생각하는 제약조건들이다.
우리는 항상 '어디에서'에 집중한다.
물질이 넘쳐나기 시작하면서
우리는 그 물질의 우아한 배치에 신경을 곤두세운다.

하지만 라오스의 그녀라면 말할 것이다.
흔들리는 짐꾸러미 위에서도 아이는 자란답니다.
라오스의 그라면 말할 것이다.
뒷간 곁이라도 좋아요. 함께 있을 수 있으면 되는 거죠.

결코 넘치지 않으며, 나아가 종종 모자라기 때문에
그들은 항상 '무엇을'에 집중한다.
오직 '무엇을'에 집중하는 자들만이
다 끌어안고 갈 수 있다.
솎아내지 않고,
어리광부리지 않고.

삶이란 불가해한 것이다.
통째로 받아들이지 않고서는 순순히 살아갈 수 없는
그 무조건성의 원칙이 라오스에서는 착실히 준수된다.

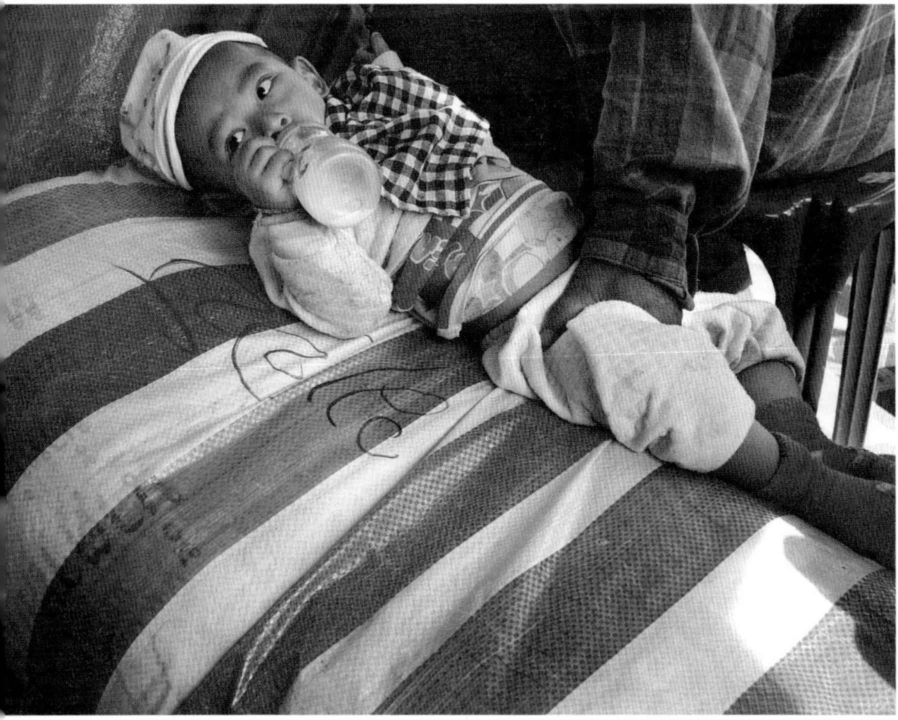

축구적 세계관

버스가 고장났다.
뒤쪽 본네트를 열고 운전사와 차장이 열심히 들여다본다.
둘이서 무언가 상의하더니,
차장은 여전히 본네트 속을 들여다보고
운전사만 운전석으로 돌아온다.
슬리퍼를 신은 발로 줄기차게 액셀을 밟는다.
그러나 엔진은 그릉그릉 약하게 끓어오르다 말 뿐.
운전사는 슬리퍼를 벗어던지고 맨발로 액셀을 밟아본다.
또다시 그릉그릉 약하게 끓어오르다 말 뿐.
운전사가 포기하고 본네트 쪽으로 간다.
이번엔 차장이 대신 운전석에 오른다.
운동화를 신은 발을 액셀에 올려놓고 격렬히 눌러대자,
드디어 차체가 덜커덩 흔들리더니
경운기처럼 요란하게 엔진이 작동하기 시작한다.

마침내 버스가 출발했고
이 상황을 지켜본 여섯 살 사내아이의 총평은 이러했다.

난 차장 아저씨가 해낼 줄 알았어.
왠 줄 알아?
슬리퍼보다 운동화가 세기 때문이야.
축구화를 신었으면 첨부터 고장도 나지 않았을 텐데.

비엔티안 (위앵짠)Vientiane

라오스 북부에서 썽떼우 안에 앉아 있었어.
일곱 명의 국적이 다른 여행자가 함께 있었지.
그중에 한 영국인이 물었어.

이 중에 비엔티안에 가보신 분?

다섯 명이 손을 들었어.
영국인은 다시 물었지.

당신은 비엔티안을 좋아했나요?

다섯 명 모두가 일이 초간 가만히 있었어.
그리곤 보일 듯 말 듯 고개를 흔들었지.

그건 무슨 뜻이었을까?

새벽길, 떠나는 자

새벽 다섯시.
비엔티안 행 버스를 타기 위해 뚝뚝을 잡아탄다.

뚝뚝엔 두부와 콩국물이 가득 실렸다.
늙은 아버지가 운전을 하고, 뒤에서 두부를 살피는 젊은 아들은
반팔에 반바지 차림으로 차가운 새벽 공기에 떨고 있다.
이들은 대체 몇 시에 일어나 하루를 준비한 걸까.

새벽어둠은 밤의 어둠보다 확연히 육중한 내용물을 전달한다.
다리가 구겨진 노인이 휠체어를 밀며 걸음마 연습을 하고
젊은 부부가 손수레 밖으로 미어져 나오도록 무거운 짐을 싣는다.

자꾸만 새나오는 두붓물이 차갑게 다리를 적시자,
아이가 웅크리며 내게 몸을 기대온다.

터미널에 도착하니, 눈만 빠끔히 내놓은 채
완전무장한 청소부가 간밤에 쌓인 때를 쓸어내고 있다.
딱딱한 바게트와 주스를 사고 버스에 올라탄다.

사반나케트에서 비엔티안까지는 여섯 시간 거리.
그러나 아마 또 부득이하게 과열된 엔진이 멈출 것이며,
서는 곳마다 수십 자루의 곡물을 싣느라 열 시간 가까이 걸릴 것이다.

버스가 출발하고 동이 터온다.
새벽 여섯시.
승려와 노비스견습승려가 한 줄로 서서 거리를 걷는다.
시주할 사람이 미리 나와 길가에 무릎을 꿇는다.

창백한 이른 아침의 햇살과 길 위로 아지랑이처럼 솟아오르는 먼지가
그들의 주고받는 행위를 속계의 것이 아닌 양 느껴지게 한다.

기원하는 사람들,
무릎 꿇고 손을 모으는 사람들,
그들의 순백한 기운이 고립된 성전에서뿐만 아니라
길 위에까지 뻗쳐 있어

길 떠나는 자는 평안하였다.

집으로 돌아갈 때

메고, 지고, 들고, 안고,
업어 나르는 것은 이들의 생활이다.

서너 시간씩 산길을 돌고 돌아 도착한 수도 비엔티안에서
이들이 사 나르는 것의 목록은
공들인 수고가 어이없을 만큼 간단하다.

흔하게는 빵이나 채소,
귀하게는 분유나 저울 같은 것들.

할아버지는 간만의 도시 나들이에
본격적인 초겨울을 맞아 모직 재킷과 중절모를 걸쳤다.

낮이면 삼십 도를 웃도는 겨울.
정오 무렵 재킷을 벗은 할아버지에게는
그만큼 짐이 하나 더 늘었다.

그의 오른손 검지는 어떤 사연으로 그리 되었는지
반쯤만 남고 사라졌다.

그러나 성한 손가락 개수보다 많은 짐을 들고
할아버지는 집으로 돌아간다.

버스가 출발하기 직전,
그가 망설이다 산 초록빛 주스 봉지에는
낮 더위를 못 이긴 얼음 몇 덩이만이
연둣빛 물이 되어 찰랑거린다.

희석된 마지막 몇 모금은
시계 없이 버스를 기다리는
할머니를 위한 것이었을까.

버스에서 내리는 할아버지는
흐려진 연둣빛 비닐봉지마저
소중하게 챙겨들고 있었다.

잠시 멈춘 버스 창밖으로
얼른 짐을 받아드는 할머니가 보인다.
먼지 이는 시골길 위에서
뒤뚱대는 그들의 느린 뒷모습

아련하다.

무소유에서 무능으로

라오스의 수도, 비엔티안.

모든 수도에는 공통점이 있다. 차량이 도로를 점거하고 사람들은 상점 뒤로 숨어버린다. 물건을 사거나, 팔거나, 이용하거나 하는 상행위를 통하지 않고서는 현지인과 대화할 기회를 찾기가 쉽지 않다.

도시에서 사람들은 초라해 보인다. 바랑을 메고 걷는 승려의 어깨 위에는 근엄함 대신 쓸쓸함이 얹어지고, 한껏 치장하고 짝퉁 샤넬 백을 든 아가씨들조차 네온사인 주위를 부유하는 불나방 같아 보인다.

누려야 할 필요한 것들의 가짓수가 기하급수적으로 늘어난다. 한눈에 보아도 가난한 자와 부유한 자가 구분된다. 이곳에서 목재가옥은 마음의 평화와 무소유가 아닌, 결핍과 무능의 상징이다. 돈과 기계가 뿜어대는 소음과 먼지 속에서, 사람과 개와 꼬리 잘린 고양이와 모든 살아 있는 존재들이 거대하고 기괴한 도시를 존속시키기 위한 부속품처럼 존재한다.

그날 밤, 축구공은 차도 위로 굴러갔고 때마침 지나가던 트럭에 깔려 터져버렸다. 아이는 비명을 지르며 내 품으로 뛰어들었다. 그리고 아주 오래도록 서럽게 울었다.

라오스의 수도, 비엔티안에서의 첫날이었다.

Tex-Mex

잠들지 않는

도시의 밤은 잠들지 않는다.
사람들은 과하게 먹고 마시며
인위적으로 뺀다.

낮을 밤까지 연장해낸 승리에 대한 도취감은
늦은 시각까지 DVD 감상이나
Bar에서의 한판 춤으로 이어지지만,
자연의 흐름에 대한 그런 무모한 대적은
나날이 개운치 않은 스트레스로 누적되어 간다.

너무 거칠어!

비엔티안의 아이들은 집안에 있었다. 공터나 놀이터가 변변히 없는 까닭이었다. 밖에 나와 있는 아이들조차 협소한 인도에 자리잡고 앉아 차량의 점령을 구경할 뿐이었다. 도시에서는 아이들마저 조연에 그쳤다.

우리는 중빈의 원 데이 스탠드를 찾아내기 위해 골목골목마다 샅샅이 뒤져야만 했다. 마침내 축구를 하겠다는 아이들을 찾아냈으나 축구를 할 공간이 마땅치 않았다. 가까스로 축구에 적당한 공간을 발견하면, 어김없이 땅 주인이 나타나 아이들을 쫓았다. 아이들과 함께 축구를 할 공간을 찾아 또다시 한참을 헤매다녔다.

어렵사리 축구가 시작되었다. 그러나 이상한 일이었다. 아이들은 사소한 공의 움직임에 따라 다투고, 싸우고, 책임을 추궁하면서 끝끝내 제대로 즐기지 못했다. 아이들이 하는 양을 가만히 들여다보니, 아무도 양보를 하지 않는다. 게임의 흐름 자체를 즐기지 않는다. 언제나 '나'를 앞세우기 때문이었다. 축구를 하는 그들의 목적은 함께 하는 즐거움이 아니라, '내'가 이기는 것, 혹은 '나'의 개인기였다.

'내'가 즐겁기 위해선 결국 전체의 흐름을 존중해야 한다는 것을 인도에 앉아 차량을 구경하며 자란 아이들은 아직 모르고 있었다. 뜨내기 중빈이 그 사이에 끼어 팀의 일원으로 받아들여지기란, 거의 불가능해 보였다.

이 아이들은 너무 거칠어!

중빈은 벌게진 얼굴로 씩씩거렸다.

오랫동안 아이들이 함께 놀고도 헤어질 때까지 친해지지 않는 것을
나는 라오스에서 그날 처음 보았다.

그것은 단지 그날 하루의 우연이었을까.

미용실 노스텔지어

남자들에게는 이발소에 대한 향수가 있다.

전형적인 구도의 이발관 그림,
잘 손질된 면도칼의 예리함,
이발사의 새하얀 유니폼,
시멘트로 미장된 널찍한 세면대,
그리로 막 빠져나간 비누거품의 향…

여자들에게는 미용실에 대한 향수가 있다.

독한 파마약 냄새,
석유곤로 위에서 발갛게 달궈져가는 고데기,
예뻐지기 위해 기꺼이 단백질을 태우는 머리카락,
탁자 위에 흩어진 『선데이서울』,
슬쩍 한두 마디 던지는 것만으로도 (영철이네 곗돈 탔나?)
용케 꺼져가던 수다의 불씨를 살려내는 미용사 아주머니,
그 아주머니의 막내아들이 홀로 곁방에서 낮잠을 자다 일어나
칭얼대며 엄마 곁을 서성이던 풍경들…

비엔티안의 조용한 골목에서 나는 그 오래된 풍경을 찾았다.

미용사 아주머니가 어찌나 섬세하고도 날렵하게 손님의 머리를 매만지는지,
마치 분홍색 뛰뛰 드레스를 입은 거구의 발레리나가 춤을 추는 것만 같았다.

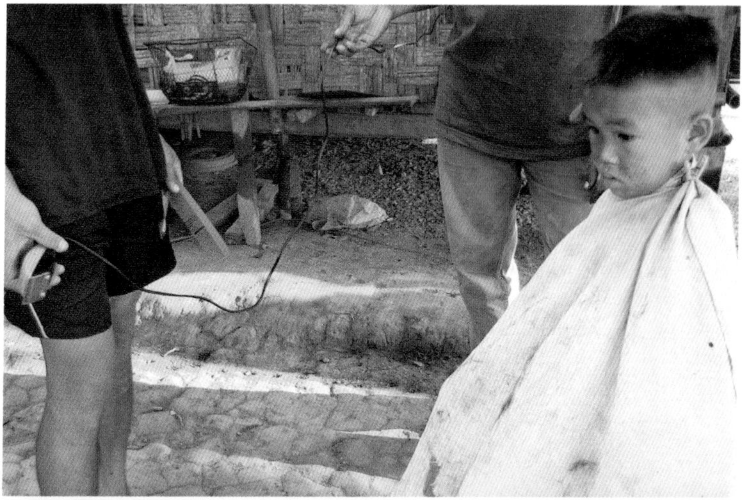

WELLA
WELLA

눈처럼 희게, 너를

아무도 네 셔츠를 빨아주지 않았구나.
네 머리를 손질해주지도 않았구나.

이제 한 살 또 한 살 더 먹어
너는 스스로 셔츠를 빨아야겠지.
머리도 혼자서 다듬어야겠지.
그때까지는 더러움을 마냥 견뎌야겠지.

네게는 피치 못할 사정이 있겠지.
병든 부모가 있거나
친척집에서 더부살이하며 눈칫밥을 먹거나.

오래전 내가 다니던 학교에도
너처럼 유난히 더러운 셔츠를 입던
여자아이가 있었지.
깨끗한 셔츠를 입은 아이들이
그 아이를 어떻게 대했는지 잘 알기에
나는 마치 너의 하루를 들여다보는 것만 같구나.

그토록 오래 누군가의 관심을 기다렸을까.
먼 데서 셔터를 누르자
너는 무표정하게 내게 걸어와
교과서를 펼쳐 보이며
하나씩 글과 그림을 짚는다.
알아들을 수 없는 말로 떠듬떠듬 읽으며
친절히 설명을 해준다.

그 친절함의 대가로
네 셔츠를 공주의 그것처럼
희게 빨아줄 수만 있었다면.

제자리이기 때문이죠 - 미하일

비엔티안의 거리에서 독일 청년 미하일을 만났다. 그도 다른 외국인들처럼 내게 남북관계와 핵문제에 관한 질문을 던졌다. 외국인과의 대화가 무르익으면, 아마도 모든 한국인들이 같은 질문을 받을 것이다. 그 문제에 대한 나의 대답은 늘 어설프기 짝이 없는데, 이번에 나의 대답은 그저 어설플 뿐 아니라 희망적이지조차 못하였는가 보다. 그가 내 쪽으로 바투 얼굴을 들이밀더니, 단단히 눈을 맞추며 말한다.

나는 동독에서 태어났어요.
독일이 통일될 때 고작 아홉 살이었죠.
통일이 되던 순간에 대해 많은 것을 기억하지는 못해요.
그러나 이것만큼은 분명히 말할 수가 있어요.
우리에게는 통일, 그 이전과 이후가 달라졌어요.
사회적인 혹은 경제적인 변화를 말하는 게 아니에요.
그건, 말하자면 정서적인 거죠.

우리에겐 '완전하다'는 느낌이 생겼어요.
완전하다는 건 제자리에 있다는 뜻이에요.
소소한 문제가 불거지더라도 당신을 안정시키죠.

남과 북 사이에 얼마나 많은 문제가 산재해 있는지
내가 속속들이 알 수는 없겠죠.
하지만 나는 이걸 알아요.
억지로 찢어진 것들은 반드시 합쳐집니다.
믿으세요.
비록 역사는 길고 우리의 생은 짧지만,
당신들은 반드시 합쳐집니다.
왜냐하면, 그게 제자리이기 때문이죠.

그러나 도시에서는

인간은 도시라는 공간을 통해 더 넓은 영역을 장악했다고 생각하지만
실은 도시 속에서, 인간은 쥐와 매한가지로 침침한 구멍 속에 내몰려 있다.

라오스의 남부에서 우리에게 반드시 필요한 것은
몇 가지나 될까를 생각하던 나는
라오스의 수도 비엔티안에서 우리에게 필요하지 않은 것은
과연 몇 가지나 될까를 줄곧 생각하였다.

물론 비엔티안은 여타의 메트로폴리스에 비교하면
턱도 없이 작고 순진한 도시였다.
하지만 그렇기에 더더욱, 그곳은 온몸으로 간절히
도시화를 염원했다.
어느 모퉁이를 돌아도 더 세련된 것을 흉내 내려다
도리어 아직 촌스러움이 두드러지는
도시화의 흔적을 쉽게 만날 수 있었다.

더구나 우리는 라오스에서 가장 문명의 혜택을
덜 받은 곳부터 더듬어 올라온 길이었다.
비록 그곳이 뉴욕이 아니라 해도,
도시에 대한 상념은 극단화될 수밖에 없었다.

아침마다 우리는 부드러운 슬라이스 햄이 곁들여진

아메리칸 브랙퍼스트를 먹었으며
황송할 정도로 깨끗한 욕실이 딸린 호텔에 머무르고 있었다.
말랑말랑한 바게트를 자르면 새하얀 속살에선
한 마리의 개미도 발견되지 않았으며
온수기는 갑자기 찬물을 토해내거나 하여
아이를 깜짝 놀래키지 않았다.

하지만 남부에서 쉼 없이 우리를 행복하게 하고 충만하게 했던
그 무언가가 이곳에 결락되어 있음을, 우리는 금방 눈치챘다.

아이는 텔레비전 어린이 채널에서 '톰과 제리'를 볼 수 있어 잠시 기뻐했으나
곧 시골에서 그것에 상응해 주어졌던 친구들, 그들과의 미친 장난들,
격의 없던 몸싸움들, 따뜻한 배려 등을 기억해냈다.
그리고 그것이 빠져나간 만큼 덜 행복해했다.

내게도 변화는 있었다.
하루에 열 번도 넘게 수첩을 꺼내 주워 담기 바빴던 상념들이 뚝 끊어졌다.
아무것도 마음을 건드리지 않았다.
도시란, 제아무리 미온한 골격만을 갖추고 있다 해도
똑같은 식상함으로 여행자의 신선한 영감을 좀먹는다는 것을 깨달았다.

수도에서 이틀을 지낸 뒤, 중빈은 다시 시골로 가자고 말했다.
나는 곧바로 동의하였다.
그리고 남쪽에서의 아름다운 추억을 떠올리며 아이를 떠보았다.

그리로 다시 갈까?

그때 우리는 계획한 여행 기간의 정 가운데 지점에 있었다.
라오스 영토 내에서도 정 가운데 지점에 있었다.
아이는 망설임 없이 대답했다.

엄마가 원한다면, 다시 가는 것도 싫지는 않아.
하지만 나는 북쪽에서 또 더 좋은 일들이 많이 벌어질 것 같아….

세상에서 가장 초라한 백화점

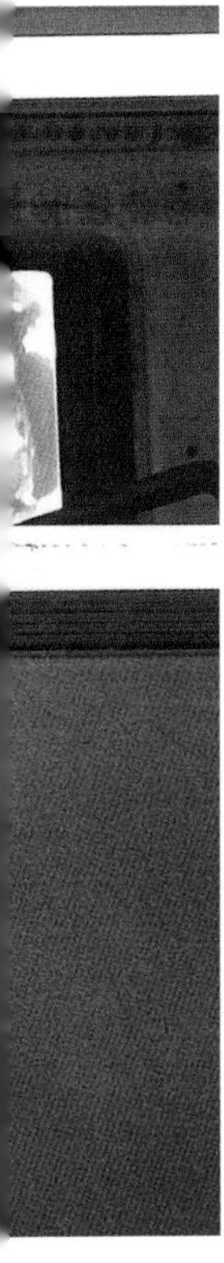

비엔티안의 딸랏 사오 버스터미널,
후끈 달아오른 차내에 승객들은 이미 자리 잡은 지 오래이다.
멍 하니 운전사를 기다리는 승객들 앞으로
특별한 '터미널 공연'이 시작된다.

첫 번째 출연자는 갓 만든 샌드위치를 파는 아가씨.
관람자 전원에게 한 번씩 들이민다.
앞문으로 타서 뒷문으로 내릴 때까지,
코밑까지,
식욕이 동할 때까지.

두 번째 출연자는 청량음료 아줌마.
투명한 비닐봉지마다 주렁주렁 물감을 푼 듯 원색적인 음료가 담기고
거기 얼음이 띄워져 있다.
이들만의 비결이라도 있는 걸까.
빨대를 꽂아 솜씨 좋게 매듭지은 이 불완전한 용기에서
음료가 새거나 흐르는 것을 나는 본 적이 없다.

세 번째 출연자는 책 파는 총각.
영어, 라오스어, 태국어, 중국어 회화책에 이르기까지
그의 조그만 책 보따리는 세계화가 한창이다.
누렇다 못해 갈변한 종이 커버들마다 손때 묻은 사연들이
켜켜이 앉아 있다.

네 번째 출연자는 귀금속 장사.
금반지, 은반지, 금시계, 은시계, 길게 늘어진 목걸이까지
서울 나들이 나왔던 총각은 한번쯤 고향 처녀를 떠올리며
가짜 금가락지에 맘이 흔들릴 법도 하다.

다섯 번째 출연자는 양복바지를 파는 아저씨.
왼팔에 십수 벌의 바지를 걸고,
밑단이 해진 바지를 입은 할아버지 곁에 귀신같이 알아채고 자리를 잡는다.
그의 머리는 멀끔하게 넘겨져 한 오라기도 흘러내리지 않고
눈처럼 흰 셔츠는 빳빳하게 다림질 되어 있다.
고급 패션을 전달하는 세일즈맨의 완벽한 소양을 갖췄다.

뒤이은 출연진들은 과일 장사,
주먹밥 장사,
그리고 언제 어디서나 빠질 수 없는 우리의 약 장사까지…

뒤늦게 버스에 오른 운전사가 마지막 출연자를 쫓아낼 때까지
그들은 앞문으로 타서 뒷문으로 내렸고
다시 앞문으로 타서 뒷문으로 내렸다.

아무도,

아무것도,

사지 않았다.

낡은 책의 종이 색깔은 뜨거운 햇살 아래 더 짙어져가고

바지 장수의 빳빳한 셔츠는 땀으로 흐물해져간다.

세상에서 가장 초라한 이동식 백화점.

방비엥 (왕위엥) Vang Vieng

주변은 온통 아름다운 석회암과 강물,
우리는 그곳에서 튜빙과 카약을 즐길 수 있어.
동굴 탐험과 암벽등반을 할 수도 있어.
그리고 저녁나절 노곤한 몸을 쉬러 마을로 돌아왔을 때
비로소 깨닫게 돼.
모험을 좋아하는 당신과 나, 돈 많은 우리 여행자들이
원주민들의 삶을 뿌리째 뒤바꿔놓았다는 걸.

그곳에서 마냥 편하고 즐거웠다면
당신과 나,
이제 얼굴을 붉혀주기 바래.

사랑하지 않으면 싫어하게 되는 곳

방 비엥을 소개하는 가이드북에는 다음과 같이 흥미로운 구절이 있었다.

쏭강이 흐르는, 아름다운 석회 카르스트 가운데 위치한 이 작은 마을을 방문하는 여행자들은 둘로 나뉜다. 이곳을 사랑하는 사람과 싫어하는 사람으로.

처녀림의 계곡과 동굴, 석회 절벽은 동굴 답사가나 암벽 등반가에게 사랑받는다. 쏭강은 래프팅이나 튜빙•을 즐기는 여행자들의 빠뜨릴 수 없는 순례지가 되었다. •커다란 트랙터 타이어 위에 걸터앉은 채 물의 흐름을 따라 둥둥 떠내려 오는 것.

그렇다면 싫어하게 되는 것은 무엇일까?
배낭여행객들의 천국이 되면서 방 비엥은 그 영혼을 잃었다.
주민들은 짭짤한 수입을 올리게 된 대가를 톡톡히 치른다.
나날이 국적 없는 양식의 콘크리트 게스트하우스들이
현기증 날 만큼 건설된다.
TV Bar라 불리는 식당마다에서 밤낮없이 헐리웃 외화를 틀어댄다.

방 비엥은 수도 비엔티안에서 153km. 그러나 험한 산길을 따라 구불구불 돌아가기에 아침 일찍 출발하고도 도착하였을 때는 이미 점심때였다.

마을 초입에서 입맛 없다는 아이 대신 혼자서 멀베리 팬케익과 쉐이크를 해치운 뒤 갑자기 걷잡을 수 없는 피로가 밀려왔다. 나가서 혼자 놀 수 있겠느냐 묻고 아이가 고개를 끄덕이는 걸 보는 것과 동시에 약에 취한 듯 잠이 들었다. 더 정확하게는, 잠이 나를 찾아와 무지막지하게 찍어 눌렀다.

몇 시간이나 의식불명의 잠을 잤을까. 눈을 떠보니 사위는 깜깜하였다. 가장 먼저 든 생각은 아이였다. 이 시간까지 혼자 어디서 무얼 하고 있을까.

간신히 몸을 일으켜 밖으로 나가보니 멀지 않은 곳에서 동네 아이와 노는 중빈이 보인다. 아이의 안전을 확인하자, 두 번째로 든 생각은 마리화나였다.

방 비엥에 마리화나가 흔하다는 것은 익히 들어 알고 있었다. 단순히 그것을 즐기는 배낭여행자들의 '행복한*' 은신처가 된다는 것 말고도 좋은 맛을 낼 수 있다고 믿어 음식에 양념처럼 마리화나를 넣곤 한다는 것도. *이곳 메뉴판에서 happy란 환각상태를 의미한다. 예를 들어 Happy pizza는 환각성 식물로 토핑된 피자.

나처럼 우연히 소량 섭취한 사람은 몇 시간 깊은 잠에 빠지지만, 뜻하지 않게 다량으로 섭취한 사람은 며칠간 깨어나지 않기도 한다. 각종 환각에 시달리며 온몸이 퉁퉁 부은 채로 누워 배설하면서.

우리나라에서는 마리화나의 사용을 법으로 제한하지만, 사실 중독성이 없는 그것의 사용은 자율적인 선택에 맡겨져야 한다. 그리고 마땅히, 선택의 여지없이 음용이 강요되어서는 안 된다.

게스트하우스의 사내에게 낮의 불유쾌한 경험에 대해 이야기했더니, 그는 아무렇지도 않게 태연히 미소 지으며 말한다.

흔히 벌어지는 일이죠.
확률은 반반이에요.

방 비엥의 밤은 무국적이다. 굳이 대표 국기를 하나 찾아 걸자면 배낭여행자의 누렇고 땀내 나는 셔츠 조각 정도가 되겠다.

재래시장과 원주민은 모두 근교로 퇴출되었고 원주민이 살던 중심은 공동화되어 오로지 식당과 게스트하우스로 흘러넘친다. 굴러온 돈 많은 돌들이 가난한 박힌 돌들을 뽑아낸 것이다.

어느 식당에서나 대형 텔레비전 화면에서 총소리가 뿜어져 나온다. 프리미어 리그 선수들이 정신없이 뛰어다니며, 요란한 락 음악이 귀를 때린다. 굴러온 돌들의 취향이 마을을 점령했으며 그들의 취향이 반영되지 않은 소수의 식당은 썰렁하기 그지없다.

질서 없이 뒤섞인 소리들은 한껏 추잡하다. 추잡함은 볼륨을 잔뜩 키운 채 이 작은 마을에서 그대로 폭력이 된다. 반경 일이 킬로만 벗어나도 별빛과 적요가 격조 높은 라오스의 밤이건만, 이곳까지 굽이굽이 돌아온 원시림을 배반하며 방 비엥은 외계의 행성처럼 이물스럽게 존재한다. 밤새도록 벌집처럼 웡웡대면서. 밤새도록 홍등가처럼 천한 알전구를 반짝이면서.

엉덩이를 반쯤 드러낸 비키니 차림의 서구 여성들이 씬라오스 여인들의 전통 의상으로 다리를 가린 라오스 여인들을 비웃고, 어깨에 문신이 가득한 남성 관광객들이 환각에 취한 채 털이 부숭한 배꼽을 거리낌 없이 내놓고 다닌다.

여기서 자연이란, 문신된 팔뚝을 그을리고 손바닥만한 비키니를 신나게 담그기 위한 지나가는 자들의 일회성 유희의 공간. 한 곳에 오래도록 존재했던 것들에 대한 사색과 존중이 빠진 유희는 배설과 퇴폐에 그친 채 밤새 희미해진 별자리를 어지럽힌다.

BAN LAO
RE TAURANT
GOOD PIZZA
GOOD FOOD
GOOD SERVICE

뒷골목도,

거기 숨겨진 오랜 이야기도 사라진 방 비엥.

뜨내기들이 주인 행세를 하는 이곳에서

아이들은 어떤 추억을 만들어갈까.

그럼에도 방 비엥은

그럼에도 불구하고 방 비엥은 아름답다.
주인 행세를 하려 드는 배낭여행객들과 무관하게
그곳의 진정한 주인이 자연이기 때문이다.

여행자들로 가득한 마을을 조금만 벗어나면
유유히 흐르는 쏭 강과
그리로 고추를 내어놓고 뛰어드는 사내아이들,
세상에서 가장 아름다운 색상은
분명 초록이라는 확신이 들게 하는 포근한 논밭들,
그 사이사이로 적당한 균형을 이루며 부드럽게 솟아난
석회암 계곡을 만날 수 있다.

누구라도 방 비엥의 고요한 시골길을 걷다보면
라오스 자연 특유의 여성적인 포근함에
무방비 상태로 몸을 맡기게 된다.

당신의 낯선 신념

동굴 답사에 나섰다. 캐나다, 영국, 프랑스 등지에서 온 다른 여행자들 그리고 가이드와 함께였다. 방 비엥의 동굴은 계단이나 조명이 설치된 '개발된' 동굴이 아니기에, 가이드의 안내 없이는 탐험이 불가능하다. 실제로 동굴 안에서 길을 잃은 여행자의 사체가 발견된 적도 있다고 한다. 그동안 아이와 동굴 탐험은 여러 차례 했었지만, 칠흑같이 어두운 원시 동굴은 처음이었다. 손전등의 도움 없이는 한치 앞도 보이지 않는 동굴 속에서 아이가 장난기 많은 가이드에게 묻는다.

나가는 길 아는 거 확실해요?

그가 키득대며 사실 잘 모른다고 한다.

재밌으라고 농담하는 거 다 알아요.

제법 웃자란 티를 내보지만, 아이는 채 열 걸음도 내딛기 전에 다시 묻는다.

나가는 길 아는 거 확실해요?

첫 번째 동굴 탐험을 마쳤을 때는 정오 무렵이었다. 우리는 정글 옆 천막에서 점심을 먹으며 서로를 소개했다. 십오 년간의 직장생활을 정리하고 여행을 떠났다는 동갑내기 호주 여성 캐시, 오 개월째 여행 중이며 그중 최고의 여행지로 타히티를 꼽는 영국 남성 론, 팔등신 금발 미녀 캐나다인 레베카, 털털한 성격의 소피와 그녀의 베트남계 라오스 남자 친구… 단연 화제는 여행에 대한 것이었고, 특히 론은 유머 감각이 풍부한 이야기꾼이다.

베트남인들은 굉장히 적극적이에요.
시장에 가면 물건에 눈길을 주기만 해도
서너 명이 덤벼들어 사라고, 사라고, 사라고 하죠.
그래서 물건을 쳐다보지 않는 척하며 물건을 보는 기술을 익히게 돼요.
하지만 그 기술을 제대로 익히는 것도 쉽진 않아서
곧잘 주인아주머니에게 들통나곤 하지요.
베트남에 가실 건가요?
그럼 꼭 아주아주 새카만 선글라스를 준비하세요.

점심 메뉴는 볶음밥과 꼬치구이. 가이드가 닭고기와 파인애플, 양파 등이 꽂힌 꼬치를 나눠주는데, 팔등신 레베카가 기겁을 하며 자신은 채식주의자라고 한다. 그리고 가이드와 음식을 향해 서슴없이 던지는 경멸 어린 시선.

그녀는 잘 모르고 있었다. 라오스에서 완벽한 채식은 불가능하다는 것을. 라오스의 가장 주된 소스는 생선소스와 새우소스이며, 야채만 들어가 있는 볶음밥이라 할지라도 볶을 때 돼지기름을 넣는다는 것을. 피가 뚝뚝 떨어지는 스테이크 한 덩어리를 접시 위에 올릴 수 없는 이들의 형편은 나름의 고유하고 현명한 지방과 단백질 섭취 방법을 지속적으로 개발해왔다는 것을.

식사 후, 나는 수첩을 꺼내 이렇게 적었다.

음식이란,
그 지역의 기후,
그 기후가 주관하는 농작물,
종교 혹은 터부나 미신,
뜨겁거나 차가운 민족적 기질,
색감이나 모양에 대한 고유한 미적 감각 등
그곳 문화의 총화이다.

그러하니 당신이 낯선 곳에 도착했을 때
당신의 낯선 신념을 아무런 맥락도 없이
그들 앞에서 펼쳐 보이지 말라.

당신이 채식주의자든,
동물애호가든,
유난히 민감한 후각을 지녔든,
귀족적인 미각을 지녔든,

한 그릇의 음식을 향해 인상을 찌푸리지 말라.

여행자는 언제나 옳은 선택을 위해

두 번째 동굴은 강물의 지류가 내부로 흘러든 곳이었다. 우리는 머리에 랜턴을 쓰고 트랙터 타이어에 걸터앉아 튜빙을 하면서 200미터 가량 동굴 안을 떠다닐 참이었다. 랜턴을 밝히는 큼직한 건전지에는 피복이 벗겨진 전선이 연결되어 있었다. 누군가 그것이 물속에 잠기는 것을 걱정하자, 가이드가 가소롭다는 듯 껄껄 웃는다.

6볼트 정도밖에 되지 않는걸요.

6볼트가 물속에서 어떤 작용을 하는지 정확히 아는 여행객은 거기 없었지만, 6볼트가 무서워 눈앞의 흥미로운 동굴을 포기할 여행객도 거기 없었다. 론이 체념조로 말했다.

내 뇌에 6볼트의 자극이라… 뭐, 나쁘지 않군요.

나는 희망을 담아 말했다,

내 출산 전 기억들이 되살아나길 바래요.

동굴 벽에는 가느다란 밧줄이 매어져 있어서, 그것을 붙잡고 튜브의 방향을 조정하며 깊숙이 동굴로 들어가게 된다. 튜브가 빙글빙글 돌아가기 때문에, 생각보다 단단한 팔 근육과 운동신경을 요하는 일이었다. 물은 얼음처럼 차가웠으나, 만만치 않은 팔운동으로 이내 몸이 더워졌다. 앞서 가던 프랑스 아가씨 소피가 남자친구가 한참 뒤처지는 걸 발견하자, 과감히 나를 먼저 보내고 뒤로 가 남자친구까지 이끌고 온다.

저만치 앞쪽에서 뚱뚱한 가이드의 푹신한 배 위에 엎어진 아이의 환호 소리가 들려왔다. 애 어른 할 것 없이 분명 신나고 짜릿한 경험이었다. 우리는 엄마오리를 따라가는 새끼오리처럼 일렬로 둥둥 떠서 대열에서 벗어나지 않기 위해 부지런히 팔을 놀렸다.

동굴에서 나왔을 때, 여자들은 비키니 위에 다시 셔츠와 바지를 입었다. 다행히 일행 중 방 비엥의 거리를 비키니 차림으로 활보하는 부류의 여성은 없었던 것이다. 나는 반바지에 민소매 차림으로 수영복을 대신했었기에, 옷을 입은 채로 셔츠의 물기를 짜냈다. 고작 200미터 튜빙을 위해 순진한 호기심으로 눈을 번득이는 주민들 앞에서 비키니를 선보이는 것이 그다지 적절하게 생각되지 않았기 때문이었다. 어차피 해는 뜨겁고 삼십 분 안으로 옷은 다 마를 터였다.

그런데, 일행 가운데 한 남자가 '확실히' 옷을 갈아입기 위해 그만 수영 팬티를 그 자리에서 벗었다. 라오스인들이 킬킬대며 소리 내 웃기 시작했다. 구태여 그 남자가 성기를 가릴 생각을 하지 않았듯이, 한번 웃음보가 터진 라오스인들도 웃음소리를 죽일 생각을 하지 않았다. 삼십 분간 수영 팬티의 축축함을 견디는 일과 은밀한 부위를 만천하에 공개하고 웃음소리를 견디는 일 가운데 어떤 선택이 더 견딜 만한 것인가는 사람마다 다르겠지만, 어떤 선택이 더 옳은 것인가는 다르지 않을 수도 있다.

우리는 일상 속에서 저질러놓은 잘못과
그것이 미칠 영향을 바로 잡을 기회를 갖지만,
지나쳐갈 뿐인 여행자로서는 그렇지 못하다.
그러므로 여행자는 언제나 '옳은' 선택을 위해
두 번 고심해야 한다.

KTX가 너희를 행복하게 하느냐 – 소피와 남자친구

동굴 탐험이 끝난 뒤 소피가 내게 말을 건다.

아까 여자들이 비키니를 입은 건 옳지 못했어요.
그 남자가 수영복을 벗은 건 말할 것도 없고요.

그러고 보니, 소피는 수영복 위에 내내 셔츠를 걸치고 있었다.

이곳 사람들은 몸을 노출하는 데 익숙하지 않잖아요. 그런데 굳이 이 사람들 앞에서 옷을 벗을 필요가 있었을까요? 나는 우리가 이 사람들에게 미칠 영향에 대해서 한번쯤 고민해봐야 한다고 생각해요. 나는 라오스를 사랑해요. 남자친구의 모국이기도 하지만, 꼭 그것 때문이 아니더라도 라오스라는 나라가 너무나 사랑스럽기 때문이에요.

여행 중 맘에 맞는 사람을 만나는 것은 생각보다 쉬운 일이다. 새로운 환경에 부딪힌 여행자는 끊임없이 자신의 내면을 드러내기 마련인데, 그러한 드러냄은 오늘처럼, 단순히 옷차림일 수도 있기 때문이다. 우리는 함께 걷기 시작했고, 나는 소피의 말에 고개를 끄덕였다.

요즘은 돈만 있으면 관광이 가능한 세상이니까요. 아무도 올바른 여행자가 지녀야 할 올바른 여행자 철학 따위엔 신경쓰지 않지요. 돈으로 편리함을 살 수 없는 곳에서조차 어떻게 하면 돈으로 편리함을 살 수 있을까, 그런 것이 그들 고민의 대부분일 뿐이죠. 나도 라오스에 깊이 매혹되었어요. 이곳에선 사람뿐 아니라 개와 고양이까지도 착하기만 하네요.

여덟 살 때까지 라오스에 살다가 프랑스로 이주했다는 소피의 남자친구가 끼어든다.

당신은 라오스에 온 지 얼마 되지 않았다면서, 그걸 어떻게 알았나요?
개와 고양이까지 착하다는 걸?

착한 것들은 손을 들고 있지 않아도 표가 나잖아요.
욕심부리지 않고 자기 순서를 기다리니까요.

그가 내 말에 미소 지으며 덧붙인다.

그게 라오스인들의 특징이에요.
예부터 라오스인들은 하루에 세 가지만 걱정했어요.
아침으로 먹을 게 있을까?

점심으로 먹을 게 있을까?
저녁으로 먹을 게 있을까?
그렇게 세 끼를 먹고 나면, '다 되었다'고 생각하죠.
나머지 걱정들은 모두 다음 날로 넘어가는 거예요.

그의 말을 듣고 보니, 그 옛날 한국인들도 하루 세 가지만 걱정했던 때가 있었던 것 같다. 사람은 물질을 만들어내지만, 물질은 사람을 변화시킨다. 나는 남부에서 생각했던 것을 그에게 전했다.

라오스가 변화하리란 것, 변화해야 한다는 건 피할 수 없는 사실일 거예요. 이렇게 시골길을 거니노라면 라오스는 아름답고 평화롭기 그지없는 곳이지만, 이 나라의 대외적인 공식 명칭은 연간 3억불의 원조를 받는 세계 최빈국이니까요. 다만 이들의 자족하는 삶의 자세가, 변화하더라도 물질에 덜 매달리게끔 품위를 유지해주길 바랄 뿐입니다.

소피가 냇물 속 물고기를 가리키며 프랑스 악센트가 담긴 영어로 안타까움을 토로한다.

내 남자친구는 지금도 물고기를 굉장히 좋아해요. 라오스에서 보낸 유년기 동안 언제나 물속에서 물고기와 놀았기 때문이지요. 나는 이곳 아이들이 스스로 오염된다는 것을 깨닫지 못한 채 날마다 태국 드라마와 영화를 보며 자라는 것만으로도 가슴이 아픈걸요.

나도 말을 이었다.

물질화는 어쩔 수 없이 전통과 자연을 파괴해요. 그동안 자신들이 수호해온 전통과 자연이 자신들을 가난하게 했다고 믿게 되니까요. 그러나 물질화가 어느 정도 진행된 뒤에, 이들은 자연과 전통이 더 파괴된다면 더 이상의 물질화도 불가능해진다는 것을 깨달을 거예요. 그리고 다시 라오스다운 것을 지켜나가는 방법에 대해 골몰하게 되겠지요. 그것이 물질에 목마른 후진국들이 역사적으로 자신의 정체성을 찾아가는 수순이었으니까요.

그럴까요? 먼 미래에 이들이 자신의 본 모습으로 되돌아올 수 있을까요? 나는 방 비엥이 저렇게 추한 외국인 거리가 되기 전에 여기 왔으면 좋았을 거라 생각해요. 또 한편으로는 더 나빠지기 전에 이곳에 온 게 다행이란 생각도 들고요. 이다음에 아이를 낳아서 함께 이곳에 왔을 때에도 지금처럼 이곳의 자연이 아름다웠으면 좋겠어요.

나는 소피의 말에 전적으로 수긍하면서 고개를 끄덕였다.

그러나 그녀는 TGV를 타고 나는 KTX를 탄다.
라오스인들만이 계속해서 원시의 불편함과 순수함을 간직하기를 바라는 것은 이미 가져 편안한 자의 이기심일 것이다.

비록 물고기가 그녀의 남자친구를 행복하게 하듯이
TGV와 KTX가 소피와 나의 삶을 행복하게 하느냐고 그들이 묻는다면
고개를 끄덕이지 못할지라도….

LAO TELECOM 2005

첫사랑을 만나기보다 어려운 일

아무리 태평스런 마음으로 여행을 한다 해도
문득 날짜가 궁금해질 때가 있다.

라오스에서 달력은 어느 곳에나 있었다.
그림이나 사진이 귀한 그곳에서
달력은 손쉽게 빈 벽을 장식할 수 있는 소재가 되어주기 때문이었다.

2006년 어느 여름 저녁
방 비엥에서 나는 날짜 계산을 하기 위해 달력 앞으로 갔다.
그리곤 날짜를 확인하는 대신, 웃으며 셔터를 눌렀다.

장담하건대,
당신이 라오스에서 당해년도의 달력을 찾아내는 일은
거리에서 우연히 첫사랑과 마주치는 것보다 어렵다.

그의 눈빛

그가 아는 영어는 Thank you와 Hello뿐.
능숙하게 영어를 구사하는, 자신보다 한참 어린 라오스 청년 밑에서
도시락을 나르거나 비품을 정리했다.

우리가 썽떼우를 타고 이동할 때면
빈자리가 있어도 뒷발판에 서서 매달려 갔다.
거기가 그의 자리이기 때문이었다.

그의 나일론 셔츠 밑단은 기워야 할 형편이었고
고무줄 면바지는 닳고 닳아
일단 썽떼우가 달려 바람을 일으키면
어디에 시선을 두어야 할지 당황스러울 만큼
하체 실루엣을 고스란히 드러냈다.

나는 그의 눈빛이 좋았다.

썽떼우 뒤의 난간을 붙잡고 서서 달리면서도
바로 눈앞에 펼쳐진 물질의 불균형을 괘념치 않는 눈빛,
늘 현재진행형인 육체의 피로함을 의식조차 않는
그 천진한 눈빛.

우리가 동굴 탐험을 하는 동안
입구에 벗어놓은 가방을 지키는 것은 그의 몫이었다.
그대로 들고 튀면 크게 한 밑천이 되어줄
여행자들의 비상금과 귀중품을 지키고 서서도
아이 같은 그의 눈빛은 한결 같았다.

그런 눈을 한 자는
생활에 흔들리지 않는다.
유혹에 넘어가지 않는다.
신념을 내세우지 않으면서
신념을 지킨다.

나는 생의 어느 지점에서 그 눈빛을 잃었다.
그래서 그의 시선이 뜻 없이 나를 스칠 때마다
내가 오랫동안 찾아 헤맸던 진귀한 무엇을 찾아내기라도 한 듯
그 맑은 시선에 기대곤 했다.

함께 했던 하루,
그는 방 비엥의 '멋진' 풍광을 제쳐두고
'미친한' 자신에게 고정되는 나의 시선과 카메라 렌즈에
조금쯤 낯설어하고 조금쯤 기뻐하면서
셔터가 눌러질 때마다,
내게 이렇게 말했다.

곱짜이.

그리고 빠짐없이 가볍게 목례했다.

중빈은 그가 무거운 짐을 나를 때마다 도와주겠다고 나섰지만
과연 도움이 되는 것인지, 방해가 되는 것인지.
넉넉한 마음의 그는 그저 땡큐, 땡큐…

우리는 너희가 궁금하지 않아

동굴 탐방 후, 소피와 남자 친구는 본격적인 쏭 강 튜빙을 하러 떠났다.
남은 네 명의 외국인들, 그리고 중빈과 나는 썽떼우에 올라탔다.
몽족이 사는 마을을 탐방하기로 되어 있었기 때문이었다.
헌데 중빈이 썽떼우에서 잠이 들었다.
그리고 그와 동시에, 네 명의 외국인들이 가이드에게 말했다.

좀… 피곤하군요.
괜찮다면, 그냥 게스트하우스로 돌아가고 싶어요.

가이드는 그들의 제안이 싫지 않은 눈치였다.
예정보다 일찍 마감하고 집으로 돌아갈 수 있기 때문이었다.
그는 입을 다물고 있던 내게 물었다.

당신은요?
괜찮겠어요?

네 명의 외국인들이 미안하지만 양해를 구하겠다는 듯이
나를 바라보고 있었다.
나는 믿을 수가 없었다.
동굴 탐험과 튜빙에는 아낌없이 에너지를 쏟던 그들에게
어째서 토착민인 몽족의 삶을 위해 쏟을 에너지는
하나도 남아 있지 않단 말인가.

그들은 왜 힘들게 이곳 방 비엥까지 온 것일까.
고작 시커먼 동굴을 들여다보기 위해?

내게는 오직 두 가지 선택이 있었다.
자는 아이를 썽떼우에 남겨두고 피곤한 그들을 기다리게 하면서
혼자 몽족 마을에 다녀오거나, 아니면 훗날을 기약하거나.

깊이 잠든 아이의 얼굴을 한번 바라보고
늘어지게 하품을 하는 그들의 얼굴을 한번 바라보았다.
차마 전자를 선택할 수 없었다.

여행자 거리로 돌아가기 위해 썽떼우가 출발했다.
잠든 아이의 심하게 흔들리는 몸을 꼭 붙든 채로
나는 썽떼우 뒤로 멀어지는 풍경을 바라보았다.
우리들의 선택은 멀어지는 풍경을 향해 감히 말하고 있었다.

나는 너희가 궁금하지 않아.

때마침 하굣길이었다.
교복을 입은 아이들이 자전거로 우리를 뒤따라오며 해맑게 손을 흔들었다.
썽떼우는 자전거보다 훨씬 빨랐다.
아이들은 이내 시야에서 사라졌다.
이상하게도, 나는 코끝이 시큰거렸다.

다음 날 아이와 단둘이 몽족 마을로 갔다.
그들은 옛 조상의 원형을 잃은 채
더는 몽족도 관광객의 구경거리도 아닌
어정쩡한 무엇이 되어 일없이 마을을 서성이고 있었다.

착하고 순한 그녀

열여섯 살,
여드름 많은 이 소녀는 줄곧 나를 바라보고 있었다.

그러다 눈이 마주치면 시선을 옮길 생각도 않고
생글생글 참 예쁘게도 웃었다.

내가 썽떼우에서 잠시 내리면 따라 내렸고
다시 올라타면 곧 따라 올라왔다.

내 사춘기 시절 어디에선가 그녀와 꼭 같은 얼굴,
꼭 같은 미소를 곁에서 만났던 듯하다.

손바닥에 땀이 나도록 손을 잡았었고
툭하면 일없이 어깨에 기댔었고
잠시라도 떨어지지 않으려
사소한 모든 것을 함께 나누려
편지를 쓰고 전화를 걸었었다.

그저 넘치는 마음을 둘 곳이 필요했던 그 시절,
다행히 착하고 순한 그녀를 만나
마음은 길을 잃지 않았나 보다.

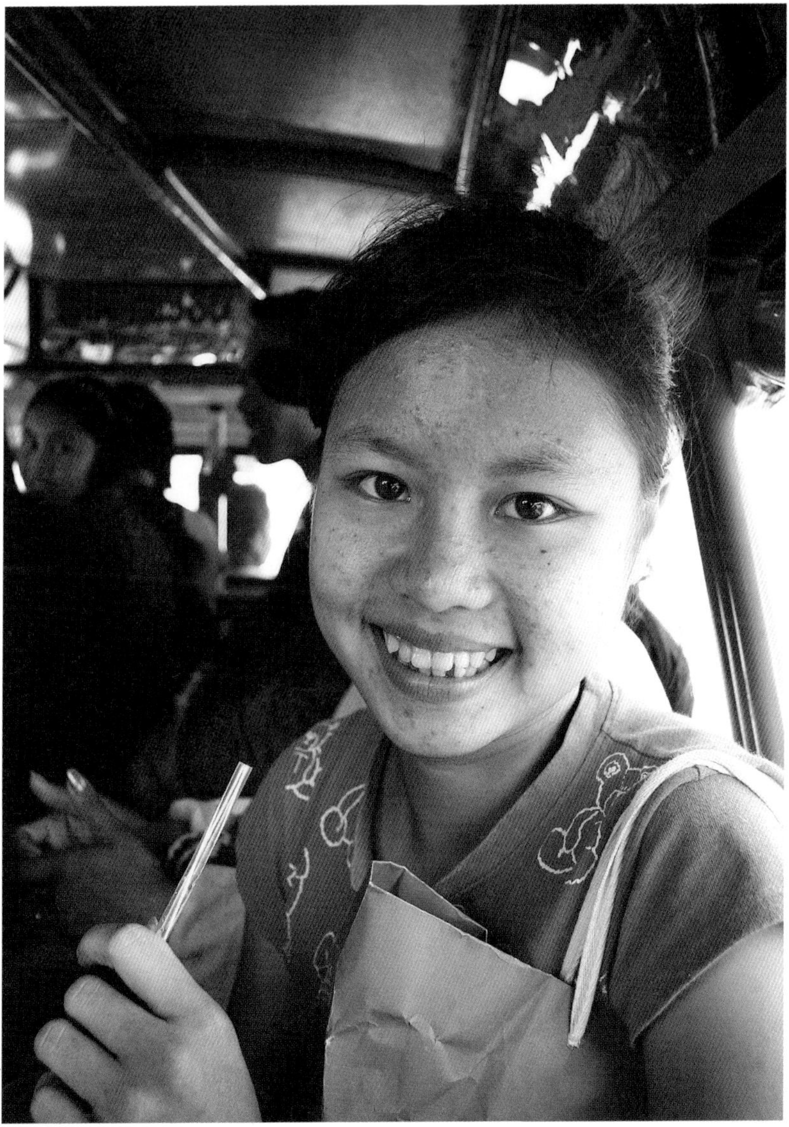

방 비엥의 천사

라오스에 도착한 첫날, 아이의 MP3가 고장나버렸다.
아무리 전원 버튼을 눌러도 도무지 켜질 생각을 하지 않는 것이었다.
그 MP3엔 아이가 좋아하는 이야기들이 담겨 있었다.

워낙 이야기 듣는 것을 좋아했기 때문에
아랍 여행 때에도 일단 이어폰을 귀에 꽂으면
아이는 몇 시간이고 가만히 앉아 차창 밖을 내다보곤 했었다.

하여, 라오스로 떠나면서 나는 MP3를 가이드북만큼이나 소중히 챙겼었고
그것이 고장났다는 것을 알았을 때,
정작 아쉬워 눈물이 찔끔 났던 것은 아이가 아니라 나였다.

이제 평화로운 장거리 여행은 다 끝난 게로군.
조용한 사색이나 고독한 여행자의 단상은 끝말잇기와 묵찌빠에 밀려
저만치 달아나겠군.

나는 켜지지 않는 MP3를 부활시키기 위해
부질없이 몇 차례 건전지를 갈아 끼워보았고
시골 할매처럼 전원 버튼을 누르고, 누르고, 또 닳도록 눌러댔다.
매끈하게 생긴 그 물건은 도무지 속을 들여다볼 수도 없었고
속을 들여다볼 수 있었다 해도 절대 이해할 수 없는 복잡한 구조였으리라.

야속한 것.

나는 그것을 가방 한구석에 처박아 두고 잊은 채 지냈다.
그리고 가끔 정말로, 정말로, 정말로 혼자 있고 싶을 때,
그러나 결코 아이가 나를 혼자 두려고 하지 않을 때,
옛 연인을 떠올리듯 미련을 버리지 못하고 그것을 떠올렸다.

그런데 방 비엥에서의 어느 날 밤이었다.
여행자 거리를 아이와 함께 배회하던 중,
수많은 PC방 입구에 'CD 굽기, 음악 다운받기 가능' 이란
문구가 내걸린 것을 보았다.

문득 생각했다.

혹시……?

MP3는 라오스인들에게 그다지 익숙한 물건이 아니었다.
첫 번째 PC방 주인은 그것을 몇 초간 요리조리 돌려보더니
대체 뭘 어쩌란 말이냔 식으로 보기 좋게 딱지를 놓았다.

이것 보세요.
여긴 컴퓨터를 다루는 곳이에요.
고장난 MP3 손보는 데가 아니라고요.

나는 좀 더 젊은 점원이 있는 PC방을 골랐다.
젊은이들은 언제나 새로운 것을 쉽게 받아들이니까 어쩌면.

그리고 그를 만났다.
그가 영어를 거의 하지 못해 자세한 사정 이야기를 할 수는 없었지만,
일단 그의 손에 MP3가 들린 순간, 나는 직감적으로 안도하였다.
기계를 잘 만지는 사람의 손길이었다.
새로운 기술, 새로운 도전을 즐기는 사람의 눈빛이었다.
게다가 그 눈빛은 선했다.
그는 곧바로 맞는 잭을 찾아서 자신의 컴퓨터에 MP3를 연결시켜보았다.
그리고 잇따르는 시도들…

삼십 분 뒤, 중빈은 이어폰을 귀에 꽂고 PC방의 의자에 앉아
허기진 사람이 음식을 취하듯 오랜만에 이야기를 듣느라 정신이 없었다.
나 또한 그에게 감사하느라 정신이 없었다.

오, 저 애 좀 보세요. 얼마나 행복해 하는지. 이제 저 꼬마는 몇 시간 동안 꼼짝도 않고 조용한 천사처럼 오직 이야기에만 귀 기울일 거예요. 몇 시간 동안 나도 완전히 자유죠. 당신이 나를 구해줬군요….

그는 내 야단법석에 그저 환하게, 아주 환하게, 웃기만 했다.
그리고 자신의 노력에 대해 아무런 대가도 요구하지 않았다.

전 세계의 컴퓨터를 잘 다루는,
게다가 잘생기고 착하기까지 한
놀라운 젊은이들,
사랑하리!

BASTOS BASTOS
Nestle
Carnation
Nestle
Carnation

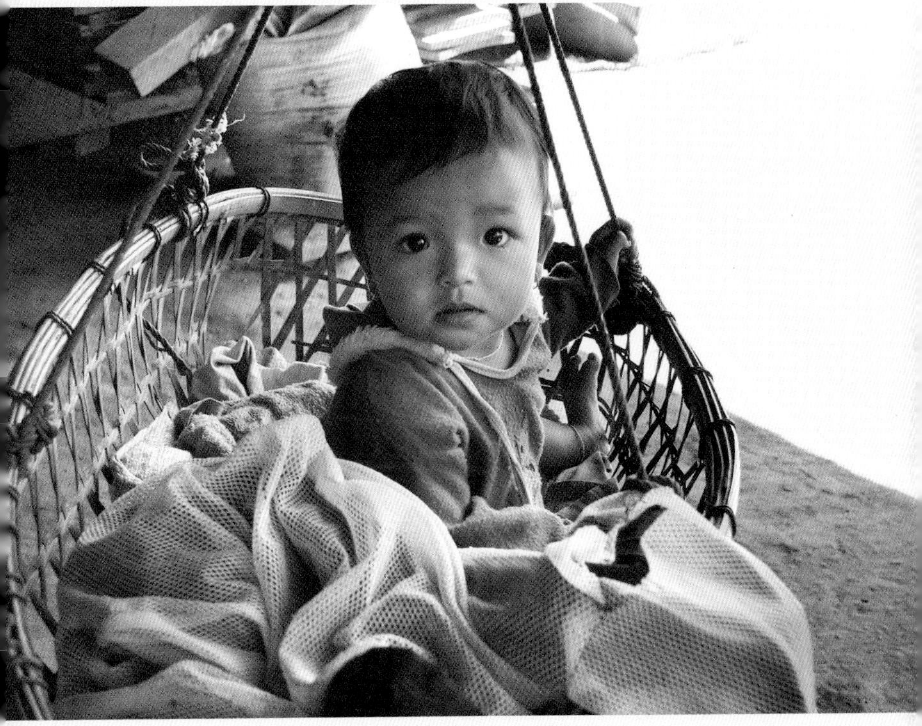

루앙 프라방 Luang Prabang

깊숙한 북부 내륙이어서 오랫동안 고립되었던 이 도시에
지금은 도로가 닦여 하루면 닿을 수 있지.
왕궁과 수십 개의 황금빛 사원으로 가득한 이곳을
여행자들은 '마지막 몽상가들의 피난처'라고 불러.

매혹적인 이곳에 이르거든
촘촘히 둘러보기를 바래.
빛나는 것들이 여기저기 흩어져 있어,
그 사이사이에 놓인 라오스인들의 빛나지 않는 삶
놓치기 쉬우니까.

짱요,
늘 다가오고 이내 떠나가는 사람들 사이에서
해갈되지 않는 외로움을
너는 어떻게 달래고 있니?

가방을 연다는 것

루앙 프라방으로 향한다.
루앙 프라방에서 온 여행자들은 한결같이 말했다.

정말 아름다운 곳이에요.
당신은 그곳에서 오래오래 머물고 싶어질 거예요.

루앙 프라방은 칸 강과 메콩 강의 합류지점이자,
산으로 둘러싸인 해발 700미터의 고지대이다.
프랑스 식민지 시절에는 배로 사이공에서 파리에 도착하는 것보다
이곳에 도착하는 것이 더 오래 걸렸을 만큼 벽지였다.
13번 도로가 완성되고 나서야
비로소 중국, 비엔티안 등지와 일일 생활권이 되었다.

이곳에는 라오스 역사의 다양한 흔적들이 고스란히 남아 있어
관광객들을 유혹한다.
강가나 산속에 자리 잡은 수많은 사원들이 황금빛 지붕을 빛내는가 하면
식민지 시절에 건축된 건물들이 이국의 정취를 풍긴다.
전통의상을 입고 시장을 오가는 소수 고산부족과 거리에서 마주치기도 하고
온몸을 오렌지빛으로 감싼 승려와 노비스견습승려들이
도시 곳곳을 수놓는다.

그 루앙 프라방으로 가는 길은 험했다.

13번 도로는 끝도 없이 휘어지고 또 휘어졌으며, 산을 넘으면 또 산이었다.
눈을 감고 있는 것만으로도 멀미가 날 지경이었지만,
그래도 창밖의 풍경들은 시선을 거둘 수 없이 아름다웠다.

13번 도로는 이 길목에 사는 사람들에게 젖줄과도 같은 것이었다.
산꼭대기에서나 중턱에서나 도로로 인해 분할된,
그러나 악착같이 도로 곁에 바투 붙은 마을들을 볼 수 있었다.
길목에 붙었다고는 하지만 인접 마을과는 너무 외따로 있어서
학교도 없고 병원은 엄두도 못 낼 그런 마을들이었다.

쉼 없이 달려가는 버스 안에서도
가만히 살펴보면 그 손바닥만한 마을의 사람들이 보였다.
일 미터가 채 안 되는 꼬마 형이 새까만 궁둥이를 내놓은 동생을 업고
삐걱삐걱 나무 사다리를 올라가는 모습.
나뭇가지를 입에 넣고 빠는 계집아이와 곁에 앉은 아빠의 초점 없는 눈.
여자들이 천으로 몸을 감싼 채
감질나게 떨어지는 계곡물로 노변에서 목욕을 하는 모습.
아이들은 차와 함께 달려가다 멈춰 서서 쉬를 하고 다시 달려가곤 했다.

산기슭의 휴게소에 이르러 차가 멈췄다.
식은 밥과 반찬을 뷔페 형태로 차려놓고
온가족이 총동원되어 돈을 받기에 급급한 휴게소였다.
식당 바닥이 말할 수 없이 더러웠다.
굽어진 산길에서 이미 뒤집힌 속에 맛없는 음식을 대충 구겨 넣고
밖으로 나오니, 동네 아이들이 까맣게 몰려 있었다.

이 삼남매의 사진을 찍고 나서, 나는 이들에게 풍선을 세 개 주었다.
멀리서 바라보고 있던 소피가 내게 미소 지었다.

Sohi, you're so nice!

그러나 그것이 사건의 발단이었다.
소피가 미처 말을 마치기도 전에 모든 아이들이 내게 몰려들기 시작했다.
아이들은 먼저 풍선을 받기 위해 서로 거칠게 밀쳤고
급기야 내 가방을 향해 사납게 손을 뻗기 시작했다.
때에 절어 새카만 여남은 개의 손이 있는 대로 아귀힘을 내며
가방 속으로 쳐들어왔다.

소피의 얼굴이 일그러졌다.
그녀는 얼른 내게 뛰어와 카메라를 먼저 낚아챘다.
아이들이 가져갈지도 모른다고 생각한 것인지,
아니면 험한 손길 가운데 망가질지도 모른다고 생각한 것인지 잘 알 수 없었다.
나는 그저 당황하고 있었다.

순간, 한꺼번에 깨달았다.
이 많은 아이들은 휴게소에서 놀고 있는 것이 아니었다.
그들은 굶주려 있었다.
단순한 위장의 굶주림이 아니었다.
아이들은 그 이상의 것을 원하고 있었다.
이곳은 너무 황량해요,
우린 가진 것이 없어요,
무언 중에 외치고 있었던 것이다.
지금까지 보았던 평야지대의 라오스 아이들과는 전혀 다른 결핍된 얼굴로.

그들은 단순한 호기심으로부터 외국인 근처를 얼쩡거렸던 것이 아니라,
무언가 떨어지기를 고대하며 얼쩡거렸던 것이다.
그런데 그때 내가 풍선을 내밀었던 것이다.

나는 서둘러 남은 풍선을 꺼내고 가방의 지퍼를 닫았다.
비상금이 모두 들어 있는 가방이었지만,
그들의 손이 더듬어 찾고 있는 것이 돈이 아니라 겨우 풍선이라는 사실이
나를 침착하게 했고 동시에 안타깝게 했다.
고작 풍선 때문에 이 아이들은 아귀다툼을 한다…
삽시간에 아이들이 내 손에서 남은 풍선을 빼내갔다.

버스로 돌아온 소피와 나는 모두 말이 없었다.
소피의 남자친구가 잠시 나를 바라보았는데,
약간의 비난이 서린 그 눈은 이렇게 말하고 있었다.

나는 관광객이 아이들을 구걸에 나서게 해서는 안 된다고 생각해요.
그들이 던져주는 푼돈과 선물 때문에
아이들이 그들 주위를 배회하게 해서는 안 되죠.
그깟 푼돈과 선물이 없어도
이전에 아이들은 이곳에서 잘 살아왔는데 말이에요.

미처 풍선을 받지 못한 아이들이 내 유리창 곁으로 와서 한동안 떠나지 않았다.

어느 책에선가 아프리카 난민들에게 나눠주기 위해 사탕 자루를 들고 갔던
서양인이 그곳 아이들에게 깔려 죽었다는 실화를 읽은 적이 있다.

지나친 결핍은 인간을 사납게 한다.
그리고 그 앞에 서투르게 열려진 가방은 폭력을 야기한다…

버스가 출발하고 다시금 우리는 가난한 마을들을 지나쳤다.
머릿속이 복잡했다.
아까와 같은 상황에서 여행자로서 취할 수 있는 가장 적절한 행동은
무엇이었을까.
아이들이 극단적으로 헐벗었음을 미리 눈치 채고
풍선 같은 건 아예 꺼내지 않으며,
차라리 한국으로 돌아가 구호단체를 후원하는 일이었을까.

그러나 오늘 유니세프는 멀리 있고 나는 여기에 있다.
바로 그들 곁에, 풍선을 쥐고서.
'어떻게' 나누는 것이 옳은 것일까를 고민하는 이 순간에도
아이들은 칼을 가지고 놀다 손가락을 자른다.
'어떻게'는 늘 나눌 것이 있는 자들의 고민이다.
가진 자들은 책상에 앉아 'how'에 대해 'talk' 하지만,
정작 이들이 원하는 것은 'just do it'이다.

나를 히피라고 불러도,
혹은 천국을 꿈꾸는 이상주의자라고 불러도 좋았다.
창밖으로 겹겹이 앞을 가린 산 너머를 바라보며
나는 이렇게 복잡한 마음을 정리했다.

아이들이 휴게소를 배회하는 것은 우리가 콜라를 주기 때문이 아니야.
이미 이곳에 콜라가 와 있기 때문이지.
돈 있는 자들이 눈앞에서 뚜껑을 따서 마시고 있기 때문이지.
주지 않는다면 아이들이 그 앞에서 침 삼키기를 멈추게 될까.
먹고 싶단 생각을 하지 않게 될까.
천만에.

아이들이 풍선을 갖기 위해 다투는 것 또한
우리가 풍선을 주기 때문이 아니야.
오히려 너무 적게 주기 때문이겠지.
만약 휴게소에 있는 모든 아이들 손에 풍선이 쥐어진다면
그들은 풍선을 거들떠보지도 않을 텐데.

아이들은 텔레비전 속에 널린 진귀한 것들에 대해 점점 많이 알아가는데,
정작 그것들이 아이들 손에 도착하는 것은 너무나 더디기만 하구나.
아직도 사이공에서 파리로 가는 것보다
루앙 프라방으로 가는 것이 훨씬 힘든 세상인 거야.

다음엔 내 가방 안에 선물 주머니를 넣을 것이 아니라,
아예 선물용 가방 하나를 더 꾸려야겠어.
그리고 가방을 열기 전에는 꼭 일러줘야지.
줄을 서면 서로를 밀치지 않아도 된다고…

그 순한 눈들 사이

루앙 프라방에 가면 나이트 마켓Night Market이 있어.
해가 지면 여행자 거리 한쪽에 차량 통행 제한 바리케이드가 쳐져.
그것을 시작으로 슬금슬금 상인들이 거리 한가운데 좌판을 펴고 앉는 거야.

아무리 방금 배를 채우고 난 뒤라도, 너는 거기서 군것질을 하게 돼.
네가 라오스를 돌아다니며 보았던 모든 음식들이 한자리에 모여 있거든.
동전처럼 작은 코코넛 크림빵부터 얼큰한 선지 국물의 쌀국수까지,
네가 지나가면 기다렸다는 듯이 뚜껑을 열고
따끈따끈한 음식들을 꺼내 올리지.

아무리 쇼핑에 문외한이라 해도, 너는 거기서 무언가를 사게 돼.
소녀들이 귀신같은 솜씨로 수를 놓은 목걸이나 지갑,
아낙들이 밤새워 마무리한 이불이나 베개 커버들이
길바닥에 촘촘히 펼쳐져 있어.
그 무늬는 놀랍고 색감 또한 감탄이 절로 나오지.

네가 잠깐 멈춰 서서 그중 하나를 만지작거리면
소녀들은 먹던 저녁밥을 급히 내려놓고 너를 올려다봐.
어린아이들은 손님을 기다리다 잠든 엄마를 서둘러 깨우지.

그러나 그들의 눈은 아직 흥정이 뭔지 잘 모르는 사람들의 눈이야.
그들은 짧은 영어로 무턱대고 가격부터 부르고

네가 뭐라 질문이라도 하면,
그걸 알아듣지 못한 채 스스로 서둘러 가격부터 깎아.
그래서 네가 그 앞에 앉아만 있으면 저절로 가격이 내려가고 또 내려가지.

하지만 처음부터 그 가격들은 기절할 만큼 착한 것이었어.
그래서 너는 여러 차례 이야기해야만 해.

아니요, 나는 깎지 않겠어요.
당신이 처음에 말한 그 가격이 좋아요.
아까 내가 묻고 싶었던 건 가격이 아니라…

네가 그 길다란 나이트 마켓을 쭉 걸어내려 가노라면
그렇게 순한 수백 쌍의 눈들이 너를 올려다본단다.

오늘 하루 종일,
이 밤의 이 시간,
너만을 기다렸다는 듯이.

네가 그곳에서 물건을 사지 않는다면
너는 죄를 짓는 느낌이 들지.

그래서 기나긴 여정이 네 앞에 남아 있든 그렇지 않든 간에
너는 이미 꽉 찬 가방을 든 여행자라는 신분을 잊고
아, 나도 모르겠다. 오늘밤 무조건 여기서 선물을 사자.
그렇게 멍청한 생각을 하게 돼.

그리고 그 생각을 실행에 옮겨.

그 착한 가격의 물건들 앞에서 너는 부자이기 때문에
너는 이 세상 그 어떤 선물집에 들어섰을 때보다
많은 이들을 떠올리게 된단다.

네가 사랑하는 사람들,
너를 사랑하는 사람들,
한때 소중했으나 사소한 다툼 끝에 연락을 하지 않는 사람들,
한때 소중했으나 빡빡한 일상 때문에 연락이 뜸해진 사람들,
혹은 그저 지금 네 빈자리에 곤란을 겪고 있을 사람들을.

너는 어쩌면 네 가방보다 더 큰 선물 보따리를 들고 호텔로 돌아가겠지.
그리고 멍해진 채, 내가 미친 게 아닐까, 뇌까릴 거야.

하지만, 그 다음 날 밤, 네가 다시 나이트 마켓을 지나친다면 곧 알게 될 거야.
그곳에 들르는 많은 이들이 너처럼 미련하게 선물 보따리를 챙긴다는 걸.
그곳에 들르면 누구라도 지갑이 두툼해지는 부자가 되고
마음마저 두툼해지는 부자가 된다는 걸.

내가 만난 한 스웨덴 여성은 루앙 프라방에서 이제 막 여행을 시작한 참이었어.
반년에 걸칠 긴 여행의 시작이었지.
그녀는 도저히 가방에 자리가 없다면서 안타까워했어.

이곳 물건들은 너무나 아름답고 너무나 터무니없이 싸요.
그 물건을 파는 아이들은 또 너무나 가난하죠.
그애들이 내게 원 달라, 원 달라, 할 때마다
나는 차마 거절할 수가 없어요. 그래서…

착한 그녀는 내게 양팔을 들어 보였지.
믿을 수 없게도, 그녀의 두 팔은 수십 개의 일 달러짜리 팔찌로 채워져 있었어.
아, 나는 그토록 아름답게 장식된 팔을 본 적이 없었지.
값비싼 귀금속으로 치장된 팔은
오직 보는 순간 아름답단 생각을 하게 되지만,
마음으로 치장된 그녀의 팔은 그날 그렇게 내 맘속에 사진으로 박혀
나는 두고두고 마음속 앨범에서 그것을 빼낼 수 없을 것 같아.

갈 길이 바쁜 자들은 거절을 잘 하기 마련인데,
가방에 자리가 없는 그녀는 그렇게 팔에 걸치고 함께 가더군.
이제 시작된 여정에서 만나게 될 사람들에게
그 모든 길 위의 고맙고 다정한 사람들에게
꼬맹이들 손으로 만들어진 유치찬란한 팔찌는 점점이 선물로 뿌려지겠지.

네가 루앙 프라방에 가거든,
꼭 그 순한 눈들 사이를 걸어가보기 바래.

어둠 속에서 젖을 먹이며 졸고 있는 젊은 아낙,
장사의 룰을 전혀 모른 채 뚱하니 앉아 있는 고산족 할머니,
네가 내민 일 달러에 고수레를 외치며 환히 미소 짓는 사람들 사이를
걸어가보기 바래.

나이트 마켓의 그 묘한 마술에 걸려
내가 미친 게 아닐까,
한 번쯤 뇌까리면서.

좋은 게스트하우스를 고르는 법

루앙 프라방의 그 두 게스트하우스는 똑같이 9달러였다.

하나는 우리나라 모텔 수준의 청결과 시설을 갖춘 곳이었고
다른 하나는 80년대 여인숙 수준으로서,
물을 틀면 부러진 배관 사이로 세면대 물이 폭포수처럼 쏟아지는 곳이었다.

모텔급은 한적하고 분위기 있는 구역에 위치했고
여인숙급은 아이들로 북적대는 시끄러운 골목에 위치했다.

서비스도 달랐다.
전자는 프로페셔널한 라오스 아가씨가
유창한 영어로 의문점을 해결해주는 곳,
후자는 방 가격도 손가락을 써서 의사소통을 하는 대가족이 운영하는 곳.

우리의 선택은?

당연히, 여인숙!!

중빈은 말했다.

됐어, 됐어. 방 좋은데, 뭘. 밖에 애들만 많으면 돼!
물 좀 새면 어때? 난 더 좋은 걸. 바닥이 금방 수영장이 되잖아!

문신맨 - 벤자이

단 몇 달러면 주인이 베이비시터를 해줄 거예요.

말하자면, 주인에게 아이를 맡기고 데이트하자는 말이었다.
얼굴과 목, 손발을 뺀 전신에 문신을 했다는 젊은 프랑스 남자 벤자이는
게스트하우스 입구에서 마주치는 저녁마다 압박의 강도를 높여왔다.
번지수를 잘못 찾아 그렇지,
웃을 때마다 토끼 같은 앞니가 드러나는 선한 얼굴의 남자였다.

어느 저녁, 게스트하우스 마당에서 조금 더 놀겠다는 아이를 지켜보는 동안
벤자이가 맞은편에 와 앉았다.
화제는 당연히 문신.

문신을 새기고 나면, 스스로에 대한 자긍심을 느껴요.
더 강력해짐을 느끼죠.
고통을 견뎌냈기 때문이에요.

그는 아직 남은 한쪽 허벅지 여백을 가리키며 말한다.

이곳도 언젠가 채워질 거예요.
살면서 하나씩 둘씩 기록하고 싶은 중요한 일이 생기면
그 내용을 문신으로 채워나가는 거죠.
그렇게 나는 한 권의 책이 되는 거예요.
벤자이라는 사람의 자서전이 되는 거죠.

벤자이는 자신에게 멋진 문신을 새겨준 타투이스트의 주소를
내게 알려주었다.
타히티에 살고 있는 사람이었다.

이곳에 가면 깨끗한 병원에 가는 것과 같아요.
이 사람은 뛰어난 기술의 의사와 같죠.
당신은 최상의 문신을 얻을 거예요.

문신을 화제로 삼는 것은 그에게 가장 큰 기쁨인 듯했다.
내가 거듭 사양하는 것에도 아랑곳하지 않고
그는 부득불 자신의 하나뿐인 셔츠를 선물했다.
타히티의 타투이스트 로고가 새겨진.

우리는 살면서 나름의 소중한 정신적 궤적을 만든다.
거기엔 중대한 터닝 포인트가 있기 마련이고
그런 것들은 일기장에 기록되거나 진한 추억으로 남겨진다.
그리고 그 일기 중 일부는 소실되며, 진한 추억일지라도 일부는 망각된다.

그런데 그 모든 순간을 몸에 새겨 넣고 나날이 확인해야 한다면
어떤 기분이 들까.
정신이 잃고 싶지 않은 것이 거기에 있을 때
그는 들여다봄으로써 각성할 것이고
정신이 놓고 싶은 것이 아직 거기에 있을 때
그는 우울해지거나 외면할 것이다.

계속해서 변화하고 마침내 소멸하는 인간이라는 존재.
지워지지 않는 각인은, 확실히 반쯤 도박이다.

다시 한 번, 미안하지 않게

그날 아이는 코끼리가 타고 싶다고 했다.
사실 코끼리를 타고 싶다고 한 것은 여행이 시작되기 전부터였다.
코끼리가 있는 라오스 북부에 닿을 때까지
아이는 인내심 있게 기다려주었던 것이다.

마침내 북부 루앙 프라방에 이르렀을 때
'코끼리 정글 트래킹'이란 소리가 사방에서 들려오기 시작했다.
북쪽으로 조금만 더 올라가 타자는 나의 말을 아이는 일언지하에 거절했다.
그리고 더는 참을 수 없다고 선언했다.

여행사에 들러 한나절 코스를 계약한 뒤
코끼리 캠프가 있는 산속 마을로 안내받았다.
뚝뚝이 대절되었고 필요도 없는 가이드가 패키지로 따라붙었다.
졸지에 멋진 카메라를 들고 라오스 시골을 관광하는
전형적인 돈 많은 동양인 관광객이 되었다.
썩 내키는 일은 아니었으나, 아이가 신이 났으니 하루쯤 그러자 했다.
오늘 하루는 편하게 입속에 넣어주는 떡이나 받아먹자,
그렇게 생각하기로 했다.

코끼리는 온순했고 단단한 피부에 두텁고 짧은 털이 돋아 있었다.
생각보다 키가 커서 내리막을 걸을 때면 앞으로 고꾸라질까
움찔 겁이 나기도 했다.

이게 뭐가 무서워!
난 하나도 무섭지 않아.
신이 날 뿐이야!

흥분한 아이는 눈에 띄는 모든 것을 하나도 놓치지 않고 쉼 없이 조잘대더니
차츰 정글의 나지막한 소리들에 귀를 기울이기 시작하며 조용해졌다.
코끼리 발밑에서 우지끈 나뭇가지가 부러질 때마다
그 나지막한 정글의 소리들이 살포시 동요했다.

빽빽한 나무와 좁은 개울물 사이를
코끼리는 두툼한 발로 재주껏 잘 디디며 헤쳐 나갔다.
무뚝뚝한 조련사가 저만치 떨어진 곳에서 담배를 태우는 동안에도
길들여진 개처럼 차분히 그를 기다렸다.

마침내 울창한 정글을 빠져나왔을 때 햇빛이 기다렸다는 듯 눈을 찔렀다.
게슴츠레 눈을 떠보니 강가였다.
흠뻑 젖은 팬티 차림의 소년들이 물고기를 찾고 있었다.
그들 곁 찌그러진 양동이 속에 과연 물고기가 들어 있는지는 보이지 않았다.
소년들은 이미 코끼리에 익숙한 듯 우리 쪽으로 한번 시선을 주었을 뿐
줄곧 고기잡이에만 몰두했다.

코끼리 트래킹이 끝나고 깊은 산속에서 뚝뚝이 출발했을 때
나는 그 소녀들을 처음 보았다.
그녀들이 덤불 속에서 나뭇가지를 줍느라 고개를 숙이고 있었기 때문에
그전까지 그들의 존재를 알아채지 못했던 것이다.

그리고… 동시에 많은 것을 알아버렸다.

그들이 아까부터 거기에 있었다는 것을,
헝클어진 머리, 남루한 옷차림이라는 것을,
그러나 숲에서 뛰어나온 그 어떤 노루보다 어여쁘다는 것을,
작고 고운 손으로 종일 거친 나무를 모으고 있었다는 것을,
뚝뚝이 출발함과 동시에 산길에 심하게 먼지가 일어났고,
그것이 그들을 뒤덮어버렸다는 것을,
뚝뚝의 먼지는 항상 뒤에 남은 가난한 자들을 향한다는 것을.

소녀들이 뿌연 먼지 속으로 털썩 주저앉았다.
먼지가 가라앉기를 기다리는 것이리라.
나는 반가움 때문인지,
혹은 미안한 마음에 먼지를 젓기 위함인지 잘 알지 못한 채
소녀들을 향해 무력하게 손을 흔들었다.

하지만, 소녀들은 두터운 먼지 속에서 손가락도 까딱하지 않았다.
그저 무표정하기 이를 데 없는 얼굴로
뚝뚝의 소음과 함께 그대로 파묻혀 작아져버렸다.

그날 오후, 나는 대절된 뚝뚝을 타고
아름다운 강변과 계곡과 동굴을 지나치며 카메라 셔터를 눌러댔지만
아무것도 마음에 남지 않았다.

내 마음속에는 먼지 속에 풀썩 가라앉던

두 소녀의 영상만이 집요하게 남아 있었다.

어떤 기묘한 착각 때문인지,
아니면 그 어떤 엉뚱하고도 엄정한 평등의식 때문인지,
나는 자꾸만 숲에서 뛰어나온 두 마리 어여쁜 노루를
먼지로 쓰러뜨린 사냥꾼이 된 듯 불편했다.

다음날 나는 설명할 수 없는 결심을 했다.
그 산길로 다시 가서 소녀들을 만나야겠다는.
이번에는,
먼지 없이,
미안하지 않게.

어차피 우리의 목적지는 늘 크고 멋진 곳이 아니라 '가고 싶은' 곳이었으므로,
소녀들이 다시 보고 싶다면 그곳이 바로 내가 가야 할 곳이란 생각이었다.

왕복 15킬로미터의 산길.
뚝뚝을 타지 않는다면 방법은 자전거 하나였다.
길을 물을 때마다 현지인들이 말했다.

왜 뚝뚝을 타지 않는 거지요?
그곳을 자전거로 갈 수는 없어요.
경사가 심해서 탈 때보다 내려 걸을 때가 많을 거예요.
오토바이라면 모를까.
우리도 자전거로는 가지 않아요.

나는 대답했다.

괜찮아요.
할 수 있어요.
걱정은 고마워요.
하지만, 일단 길이나 가르쳐주세요.

그리고 또 속으로 대답했다.

오토바이는 먼지가 나잖아요….

과연 그들은 옳았다.
내가 거의 일어서다시피하며
제아무리 힘껏 페달을 밟아도
비탈길에서 자전거는 헉헉댈 뿐이었다.
앞으로 나아가는 시간보다
자리에 올라타고 내리기를 반복하는 시간이 더 길었다.

그러나 우리는 지치지 않고
자꾸 더 안으로 안으로 들어갔다.
그 숲길의 고요가 우리를 깊숙이 빨아들였기 때문이었다.

느릿느릿한 물소 떼들이 길을 비켜주며
자신들보다 더 느린 모자의 한심한 진행을 지켜보았다.

코끼리 똥 더미에 모여든 백여 마리의 노란 나비 떼들이
폭죽이 터지듯 일제히 하늘로 날아올랐다.

숲에서 나무 열매가 떨어지거나
아이가 쏘는 새총에서 돌이 날아가고 나면
길은 다시 깊이를 잴 수 없는 적막에 잠겼다.

종아리에 단단한 근육이 맺히고 땀이 비 오듯 흘렀다.
꽤나 뜨겁기를 자랑하는 한낮 태양이 미처 그 땀을 말리기도 전에
새로운 땀이 뿜어져 나왔다.
숨이 턱까지 차오르면 아이가 뒤에서 외쳤다.

영차!
영차!
울 엄마!
파이팅!

더 많은 땀방울이 몸에서 빠져나갈수록
더 충일한 행복감이 마음속에서 둥글게 둥글게 자라났다.
알이 꽉 찬 사과처럼 몸과 마음이 발갛게 익었을 때
우리는 산모퉁이 그늘에 앉아 휴식을 취했다.

먼 곳을 바라보며 물을 삼키던 아이가 문득 내가 할 말을 먼저 해버린다.

아, 조오타!

다시 나를 그곳에 이끈 것은 소녀들이었지만,
산모퉁이의 그 그늘에서부터는 그마저 알 수 없어졌다.
길게 우짖는 저 새가,
길섶의 작은 연보랏빛 꽃이,
홀로 날마다 시원한 이 그늘이
오늘 우리를 이곳에 불러들인 게 아닐까.

그늘 뒤에는 짧은 내리막이었다.
내리막이 다시 오르막이 될 때까지 전속력으로 내달리며
우리는 야아아아! 있는 힘껏 고함을 질렀다.
아무도 보지 않는 듯 벌건 목에 핏대를 세우며
아무도 듣지 않는 듯 고래고래 노래를 불렀다.

문득 눈앞에 길게 펼쳐진 길을 바라보면서 나는 깨달았다.
내가 원했던 것은 그 소녀들을 다시 보려는 것이 아니었다.
'잘못' 왔던 길을 '제대로' 와보고 싶었던 것이었다.

그 길에서 제일 먼저 우리를 반긴 것은 학교였다.
전날 뚝뚝으로 지나칠 때 학교는 건물만이 두드러졌으나,
자전거로 서다 가다를 반복했던 그날,
어여쁜 아이들 하나하나가 눈에 담겼다.

마침 점심시간이어서 교사 없는 학교에 아이들만
자유롭게 흩어져 뛰놀고 있었다.
카메라를 들이대자, 순식간에 자발적인 단체사진이 된다.
연출하지 않아도 올망졸망 기기묘묘한 포즈를 잡는 꾸러기들의 단체사진!

그러고 나서 만난 것은 순박한 나무꾼 청년이었다.
내가 셔터를 누르고 액정 화면을 보여주자,
그는 거울도 아닌 곳에 자신의 얼굴이 나타난 것을 보고 깜짝 놀라
한 발짝 껑충 뒤로 물러났다.
그는 문명의 뒤안길에서 드물게 마주치는 동물적인 의아함을 담고
한동안 나와 카메라를 번갈아 바라보더니 마침내 이해했다는 듯,
헝, 콧소리를 내며 짧게 웃었다.
마음씨 착한 코뿔소가 웃는다면 그런 소리가 날까.

그리고 또 자그마한 마을 언저리에서는 목욕하는 아녀자들을 만났다.
한동안 그들 곁에 머물러 잡다한 수다 끝에 친해지고 나서도,
사진을 찍어도 좋겠느냐 묻자 고개를 끄덕여놓고도,
막상 카메라를 들이대자 난처하다는 듯 깔깔대며
숨어버리던 긴 머리의 아녀자들.

더 깊은 산속에서는 목재가옥의 아이들과 역시나 축구 한 판이 있었다.
'스며들기'의 방법을 터득한 중빈이
유난히 경계심 많던 그 산골의 아이들과 수월히 친구가 되었다.

경계를 푼 아이들은 공이 조금만 높이 올라도,
조금만 멀리 굴러도,
발을 쿵쿵대며 박수를 쳤다.
배를 뒤집어가며 데굴데굴 굴렀다.

게스트하우스로 돌아왔을 때 사위는 깜깜하였다.
나는 단 한 걸음도 더 내디딜 수가 없었다.
딱딱한 나무토막처럼 다리가 굳어 침대 위로 쓰러졌다.

그날 그 산길 어딘가에서 나는 노루 같은 소녀들과 다시 마주쳤던가?
그 많았던 땀방울과 웃음과 나비 떼들 가운데에서
그랬을 수도, 그렇지 않았을 수도 있다.
그녀들이 바로 눈앞에 있었는데
아이들 무리에 섞여 알아보지 못 했을 수도 있다.

하지만 분명한 것은
사냥꾼이 된 듯 불편했던 마음이 사라졌다는 것이다.

나의 애초 바램대로,
이번에는 먼지 없이,
미안하지 않게,
그 길에서 모든 이들과 마주친 뒤로.

다음날, 몸살이 시작되어 감기로 번졌고
나는 꼬박 사흘간 게스트하우스에 누워 몹시 앓았다.

몸의 비밀

솟구치고 뒤틀고 유연하게 착지한다.
이곳 아이들이 노는 모습을 지켜보노라면
한국 아이들의 운동신경이 얼마나 퇴화되었는가를
피부로 느낄 수 있다.
줄넘기까지 과외수업을 받는 우리의 현실이라니.

소통하지 않는 것들은 모두 문을 닫는다.
몸과 마음 사이의 절연도 크게 다르지 않다.
나와 타인의 몸을 충분히 탐색하지 않은 유년은
반드시 뒤틀린 인간관으로 이어진다.

판에 박힌 이미지로서의 성,
획일화된 미의 기준,
그것의 그릇되고 위험한 적용.

아이들은 '스스로' 몸을 터득해야 한다.
시간과 공간만 충분히 주어진다면
그들 누구라도 가르침 없이 비밀을 깨칠 수 있으므로.

간단하지만 어려운 일 – 수

사람은 누구나 자신의 약점을 잘 알고 있다. 그리고 그 약점을 건드리면 부담스러워한다.

수도 그러했다. 그의 약점은 영어를 잘 못한다는 것이었다. 그 또한 자신이 영어를 못한다는 것을 알고 있었다. 영어를 잘하고 못하고가 무슨 대단한 장단점이 되겠는가마는, 문제는 그가 우리의 코끼리 트래킹에 따라나선 가이드라는 데 있었다. 영어를 업으로 삼는다는 데 있었다.

어쩔 수 없이 영어로 질문을 하며 그의 약점을 계속 건드려야 했던 나는, 그가 'girl'처럼 쉬운 단어를 끝까지 이해하지 못해 대화가 단절되었을 때 슬금슬금 부아가 나기 시작했다. 그에게도, 여행사에게도. 아무리 패키지 속에 맘대로 가이드를 끼워 넣었다지만 이건 좀 심하지 않은가.

수가 내게 제공하는 짧은 정보들은 이미 가이드북에도 다 있는 것들이었다. 그것도 첫 페이지 첫 줄에나 있을 법한 것들이었다. 가이드라는 직함을 지닌 원주민으로부터 알아내고 싶은 것은 거기에 없었다.

알고 싶은 것에 대해 질문을 던지기라도 하면, 수는 내가 자신의 영어선생이라도 되는 양 그 질문에 들어 있는 어휘와 표현에 대해 일일이 되물었다. 그리고 내가 끓어오르는 짜증을 누르며 질문에 대해, 그 안의 어휘와 표현에 대해 일일이 설명해주었을 때, 그의 대답은 언제나 같았다.

저도 잘 모르겠어요.

맥빠지는 일이었다. 조금 더 시간이 흐른 뒤에 나는 깨달았다. 그는 그 지역에 '그냥 살기' 때문에 막상 그 지역에 대해서 깊이 생각해보지 않았으며 정확한 정보를 가지고 있지 않다는 것을. 또한 그 외의 지역에 대해서는 '살아본 적이 없기' 때문에 더더구나 아는 것이 없다는 것을.

수는 수도에 가본 적도 없었을뿐더러, 루앙 프라방조차 벗어나본 적이 없었다. 내가 라오스의 다른 지역 이름을 언급할 때면, 그는 내가 하노이나 프놈펜을 언급할 때와 같은 표정을 지었다.

그날 나는 그의 영어선생이 되어주고 싶지 않았다. 이미 나무를 줍던 소녀들이 가슴속에 무겁게 들어와 있었던 까닭이었으며, 소녀들과 대척점에 있던 패키지 관광과 그것이 제공한 무성의한 가이드를 위해 외국어 봉사를 하고 싶은 마음이 조금도 없었던 까닭이었다.

하지만 눈치 빠른 수는 나를 내버려두지 않았다. 그는 고객이 침묵을 지키는 것은 가이드의 무능력 때문이라고 생각하는 듯했다. 일견 타당한 생각이었지만, 억지로 침묵을 깨고자 노력할 때 도리어 그 무능력이 부각된다는 것까지는 미처 모르고 있는 것 같았다.

무능력이 부각되는 순간, 우리는 대체로 당황하고 자존감을 잃는다. 수가 유일한 무기인 무력한 미소와 "와우!"를 지나치게 남발하는 동안, 뚝뚝의 맞은편에 앉은 나는 점차 괴로워졌다. 그러다 우연히… 그의 얼굴에 있는 주름을 보게 되었다. 나이에 걸맞지 않게 깊은 것이었다. 그의 반질반질한 양복바지 주머니가 터진 것도 비로소 눈에 띄었다.

그는 오늘 여행사로부터 호출을 받고 기뻤을 것이다. 단벌 양복을 찾아 입고, 라오스에서는 드문 화이트칼라로서의 자긍심을 지닌 채 내 앞에 나타났을 것이다. 잘해보고 싶었을 것이다. 어른들의 세계에서 '잘해보고 싶은' 마음은 언제나 쉽게 어그러진다. 그리고 그것은 늘 혼자만의 탓이 아니다.

순간, 나는 마음을 고쳐먹고 그에게 집중하기로 했다. 내가 그에게 돈을 지불했다든가, 그가 그 돈에 합당한 자격을 갖추지 못했다든가 하는 것은 중요한 것이 아니었다. 한 인간이 내 앞에 앉아 부족한 실력으로나마 잘해보기 위해 '애쓰고' 있었다. 애쓰는 가운데 자존감을 잃고 있었다. 밖의 풍경을 조금 더 잘 보기 위해 그것을 무시한다는 건 이유 여하를 막론하고 부조리한 것이었다. 어쨌든 그나 나나 조금쯤 괴로워하고 있었으며, 의지와 무관하게 그의 괴로움을 해결할 수 있는 칼자루는 내게 쥐어져 있었던 것이다.

그래서 말했다.

뭐… 궁금한 게 있으면 뭐든 물어보세요.

그는 정말로 궁금한 게 많은 듯 했다. 한국에 대해서, 서울에 대해서, 서울의 교통과 인구에 대해서, 내가 가본 세계에 대해서… 비록 그가 나의 질문에 대답할 수는 없었지만, 나라도 그의 질문에 대답할 수 있었던 것은 다행이었다. 나는 할 수 있는 한 자세히 대답해주었다. 수첩과 펜을 꺼내 쓰거나 그리니, 소통이 한결 수월해졌다. 수는 여전히 "와우!"를 반복했지만, 미소는 더 이상 무력하지 않았다.

그의 새로운 미소가 내게 일러주고 있었다. 약간의 인내와 친절만으로 불평등했던 관계가 평등해지고 한 사람의 얼굴에서 비굴함이 걷힌다면, 우리는 노력해야 한다. 조금 더 인내하고, 조금 더 친절해지기 위해.

바로 그때, 대졸학력의 수가 내게 놀라운 질문을 했다.

이 뚝뚝들은 어디서 오는 걸까요?

뭐라고요?

이렇게 많은 뚝뚝들이 어디서 왔는지 궁금해요.

그는 정말로 몰라서 묻는 것이었다. 라오스에서 생산되지 않는 물건들이 어떤 경로로 라오스에 도착하는지를. 상식적인 경제행위와 그 흐름에 대해 마치 유치원생처럼 내게 질문하고 있었다.

아이에게 할 때처럼 차근차근 뚝뚝의 제조와 유통과정에 대해 설명하는 동안, 나는 다시 라오스라는 지구 한 구석, 고요한 땅으로 되돌아왔다. 라오스에서는 대학을 졸업하고 가이드라는 직함이 붙어도, 여전히 '이곳은 라오스'라는 전제를 배제하면 안 된다는 것을 잊었던 것이다. 루앙 프라방의 다양한 관광 상술에 젖어, 라오스만의 순수함, 그것과 맞붙은 무지와 고립을 잠시 잊었던 것이다.

수는 자신을 둘러싼 지역과 그 너머에 대한 관념이 전혀 형성되어 있지 않았다. 그런 그가 필시 전 세계 여러 곳을 가봤을 여행자들의 요구를 만족시킨다는 것은 애초부터 불가능한 일이었다. 수도 비엔티안이 도시화를 염원하기에 도리어 촌스러웠듯, 수는 지적인 업무를 수행하는 과정에서 도리어 무지의 한계를 드러낼 수밖에 없었던 것이다. 그런 그에게 무언가를 기대했던 것은, 또한 내 무지의 한계일 뿐이었다.

수는 좋은 가이드가 되고 싶다고 했다. 나는 마음을 담아 그에게 전했다.

그렇다면, 부디 라오스에 대해 공부를 많이 하세요. 당신이 주변 지역에 대해 많이 알고 외국인들에게 충분히 설명해준다면, 그들도 자신이 속한 지역을 당신에게 알려주게 될 거예요. 서로 소통하는 가운데 친구가 되고, 언젠가는 그들이 속한 곳에 가볼 기회도 생기겠지요. 그렇게 차츰차츰 당신의 세계가 넓어지고 궁금한 것들도 직접 알아볼 수 있겠지요. 당신은 아직 젊으니까, 계속해서 노력한다면 말이에요.

약간의 인내와 친절을 동원하기 위해 반드시 상대를 좋아할 필요는 없다. 그러나 좋아하지 않는 상대라고 해서 약간의 인내와 친절을 발휘하는 데 인색해서는 안 된다. 수가 내게 가르쳐준 것은 간단한 것이었다. 그토록 간단하지만 어려운 것…

돌아오는 길에도, 그의 질문들은 멈추지 않았다. 해가 지고 있었고, 누런 햇살이 그의 깊은 주름을 파고들었다.

밤마다 그곳으로 갔다.
어김없이 같은 자리에서 독경이 울려 퍼졌다.
가끔 그리워진다.
세상 어떤 음악보다 아름답던 그 소리.

세상 그 어떤 음악보다

잠깐만 보아도 이런 생각이 들게 하는 아이들이 있다.
이 아이는 장차 어디에 있어도, 무엇을 하여도
'성실하고 바르게' 잘 해내겠구나.

그날 밤 그 동자승이 그러하였다.
고요한 사원 한 곁
벌레가 가득한 형광등 밑에 앉아
노래하듯,
사랑하듯,
홀로 힘차게 불경을 읽어 내려가고 있었다.

지나가는 누구라도 머물고 싶어지게 했다.
방해가 될까 조금쯤 떨어진 곳에,
그러나 오래오래.

잡스런 생각들이 낭랑한 목소리에 잠이 들었다.
눈을 감고 고개를 쳐들면
별빛이 포근하게 내려앉았다.
시간이 흐른다는 것을 잊고 말았다.

블록 부수기

그 학교에 이르렀을 때 중빈은 쾌재를 불렀다.
수많은 '잠재적' 친구들이 운동장을 가득 메우고 있었기에.

그러나 막상 교문을 들어섰을 때 중빈은 압도당했다.
1:20이었다.
저보다 큰 아이들이 맞은편에 한 줄로 서서
미동도 않은 채 자신을 지켜보고만 있었다.
너 하는 걸 보고 우리도 뭘 할지 결정하겠어, 그런 얼굴이었다.
아이의 얼굴에 난감함이 어렸다.

흥미로운 상황이었다.
블록을 부수는 것과 마찬가지다.
오른쪽부터 부술 수도 있고 가운데부터 부술 수도 있다.
핵심은 이미 마무리된 하나의 완고한 상태에 덤벼 그것을 부순다는 것이고
부숴진 그것이 곧 새로운 놀이의 시작이 된다는 것이다.

나는 이 귀여운 긴장 상태에 슬며시 웃음이 나오려는 것을 감추고
짓궂게도 스톱워치를 누르듯 부러 말했다.

중빈, 딱 30분만 놀고 가는 거야!

내게 사랑은 그릇된 것이에요 - 짱요

게스트하우스를 옮겼다.
먼저 머물던 곳에서는 밤마다 여행자들이 음악을 높이고 난장판을 벌였다.
우리는 나이트 마켓 근처에서 의외로 한적하고 깨끗한 곳을 찾아냈다.
실질적인 운영자는 스물한 살 처녀, 짱요.
무남독녀로서, 비엔티안에서 대학을 졸업하고
얼마 전부터 연로한 아버지 대신 게스트하우스를 관리하고 있었다.

짱요는 처음부터 중빈에게 홀딱 반했다.
어른들만 드나들던 따분한 곳에 작고 귀여운 것이 왔는데다,
조잘조잘 영어로 참견을 해대니 신기하기만 한 모양이었다.
(라오스인들은 아직 외국어를 '생계와 직결된' 어른들만의 전유물로 생각한다.)

중빈도 처음부터 짱요에게 홀딱 반했다.
틈만 나면 그녀가 뽀뽀를 해주고 초콜릿을 사줄 뿐 아니라,
중빈에게 "난 라오스의 진짜 여왕이야"라고 말했기 때문이었다.
(실제로 그녀는 2003년도 미인대회에서 퀸queen이었다.)

둘은 내가 미처 체크인을 하기도 전에 벌써 오토바이를 나눠 탔다.
시리아에서 오토바이를 타본 뒤로 늘 그 타령이던 아이는
뒷자리에서 입이 함박만 했다.
어디를 갈 거냐고 물으니, 짱요가 비닐봉지에 가득한 돈 무더기를 가리킨다.

먼저 이 돈을 은행에 입금시키고요,
집에 들러 중빈일 부모님께 인사시킬 거예요.

오토바이가 작아지는 것을 바라보며 나는 휘파람을 불렀다.

잘하면 미모와 재력을 겸비한 연상의 라오스 아가씨를
며느리로 맞을지도 모르겠군. 중빈아, 잘해라!

나는 짱요 덕분에 맘껏 혼자만의 시간을 즐길 수 있었다.
길가에서 얼큰한 국수에 새빨간 고명을 마구 얹어 먹고
내 박자대로 실컷 걸어다니며 맘대로 서고 맘대로 멈췄다.

그러나 그것도 잠시, 곧 지독한 감기몸살이 찾아왔다.
아까운 자유 시간에 앓아눕는 것이 아쉽지 않았다면 거짓말이겠지만
낯선 곳에서 실컷 앓을 수 있도록 누군가 중빈을 돌봐주는 것은
눈물이 찔끔 나도록 감사한 일이었다.

내가 두루마리 휴지를 산처럼 쌓아놓은 채 코를 풀며 누워 있노라면
짱요가 따끈하게 데운 우유 잔을 내려놓고 중빈을 데리고 나갔다.
고열 때문이었는지는 몰라도, 나는 그럴 때마다
그녀의 어깻죽지에서 천사들에게나 있을 법한 하얀 날개를 보곤 했다.

나들이를 마치고 돌아오는 중빈의 손에는 언제나 새로운 것이 들려 있었다.
아기곰 푸우가 그려진 필통이나, 엄청나게 큰 막대사탕 같은 것들.
날마다 머리끝부터 발끝까지 새로운 패션을 선보이는 짱요는

내게 부담을 갖지 말라고 했다.

나는 뭐든 사는 걸 좋아해요.
유일한 즐거움이 쇼핑인 셈이죠.
중빈에게 뭔가 사줄 수 있어 오히려 기쁜걸요.

사흘째 되던 저녁, 열이 조금 내렸고 목소리도 제법 나오기 시작했다.
짱요를 찾으니, Room No.4에서 쉬고 있었다.
그늘진 구석방이어서 곧잘 비어 있었으므로 그녀는 거기서 낮잠을 자곤 했다.
방에서 나오는 그녀는 잘못을 하다 들킨 아이처럼 고개를 숙였다.

여기서 자는 걸 아버지가 알면 날 가만두지 않을 거예요.

나는 그녀를 데리고 중국식당으로 갔다.
그간의 보살핌에 감사하면서 먹고 싶은 건 뭐든지 주문하라고 했다.
메뉴를 들여다보는 그녀를 찬찬히 바라보니
그날도 새로운 귀걸이에 새로운 목걸이,
새로운 스카프를 두르고 있었다.
새로운 재킷은 지난밤 시장에서 샀다고 했다.

나이트 마켓에서 날마다 최신식 패션을 실현하다니, 과연 쇼핑의 귀재답네요.

내 말에 그녀는 웃지도 않고 혼잣말처럼 불쑥 내뱉었다.

난…… 오십 살은 먹은 것 같아요.

그리고 들려주는 이야기는 다음과 같았다.
게스트하우스 일대의 많은 건물들이 본래 짱요의 할아버지 것이었다.
할아버지가 돌아가시면서 그 재산을 아버지가 물려받았고
이제 그것을 관리하는 것은 학업을 마치고 고향으로 돌아온 그녀 몫이었다.
아침마다 그녀가 은행으로 실어 나르던 돈더미는
루앙 프라방의 노른자 땅에서 하루 동안 거둬들인 수입이었던 것이다.

나는 아버지의 돈에 관심 없어요.
돈을 거둬들이는 즐거움도 잘 모르겠고요.
다만 좀 자유롭고 싶어요.
이곳엔 친구도 연인도 내가 원하는 아무것도 없어요.
여기서 벗어나고 싶지만 아버지가 사사건건 나의 행동을 제약해요.
늘 부족한 점을 지적하고 내가 틀렸다고 하죠.

태어날 때부터 루앙 프라방에서 가장 부자였던 그녀에게
그저 약간의 돈이 더 보태질 뿐인 상황은 무미건조한 일이리라.
또 이제 겨우 스물한 살인 그녀에게
한평생 아침마다 은행으로 가는 일과가 변함없이 계속된다는 건
숨 막히는 일이리라.

그녀는 지금 하고 있는 일을 하고 싶지 않다고 했다.
루앙 프라방에 머물 이유를 찾을 수 없다고 했다.
하지만 우리가 흔히 스무 살에 그러하듯, 그리고 이후에도 번번이 그러하듯,
무엇을 해야 할지 어디로 가야 할지는 정작 알 수가 없다고 했다.

나는 이토록 외롭고 막막한데 모두들 내게 완벽한 삶을 가졌다고 해요.
그들에게 그렇지 않다고 일일이 말하는 것도 지치는 노릇이에요.

다른 라오스의 가난한 젊은이들에 비하면 엄청난 행운을 누리는 삶이건만,
짱요가 그것을 모른다고 해서 나무랄 수는 없는 일이었다.
젊은 우리는 늘 가지지 못한 것에 시선을 던지기 마련이므로.

현명함이란, 가진 것에 시선을 고정시킬 때 찾아온다.
그러나 시선을 제대로 고정시킬 수 있는 힘은
세상에 널린, 내게 있기도 하고 없기도 한 것들을
오랫동안 두루두루 바라본 뒤에야 얻어진다.
젊음과 현명함이 공존할 수 없는 이유가 거기에 있다.
게다가 그녀는 스무 살의 가장 큰 특권이자 가장 큰 형벌을 받고 있었다.

정말 괴로운 건, 내가 사랑에 빠질 때마다 늘 잘못된다는 거죠.

짱요의 첫사랑은 베트남인이었는데, 그녀가 가진 유리한 조건들조차
베트남인들이 라오스인들에게 흔히 갖는 경멸을
뛰어넘지는 못한 모양이었다.

그 남자의 부모가 라오스 처녀는 안 된다고 반대했어요.

그녀의 두 번째 사랑은 지금 진행 중이었다.
이번에는 라오스 남자였으나, 유부남이었다.
먼 곳에 살고 있는 그는 늘 아내와 헤어지겠다고 말하면서도

정작 일 년에 단 몇 번, 어렵사리 이루어지는 그리운 만남에
아내와 헤어지지 않은 채 나타나 그녀의 가슴을 찢어놓곤 했다.

Love is so wrong to me.
내게 사랑은 너무나 그릇된 것이에요.

남자들은 사랑을 '한다'.
면도를 '하고' 사업을 '하고' 산책을 '하'듯.
그러나 여자들은 사랑에 생을 건다.
'하는' 것이 아니라 그저 그녀의 전부가 '된다'.
호흡을 하고 걸음을 내딛는 순간순간이 사랑과 결부된다.
사랑이 있는 여자와 없는 여자는 같은 여자여도 다른 여자이다.

대부분의 여자들이 그렇게 진화되어왔다.
일단 사랑에 빠지면 다른 유혹은 보이지도 들리지도 않도록.
오직 사랑하는 대상만이 존재하도록.

그렇게 진화되어오지 않았다면
유난히 긴 양육기간을 필요로 하는 인간은
더러운 기저귀를 떼기도 전에 모성으로부터 버림받았을 것이다.

그녀는 내게 사귀고 있는 남자의 사진을 보여주었다.
루앙 프라방에는 터놓고 이야기할 친구도 없고,
유부남이기에 더더욱 부모님께도 이야기할 수 없었다는 그녀는
누군가와 그 남자에 대해 이야기할 수 있다는 것만으로도

숨통이 트이는 것 같았다.

사진을 들여다본 나는 가슴이 아팠다.
남자의 얼굴은 거짓말을 하는 사람의 얼굴이었다.

어째서 스무 살 때 우리는 거짓을 말하는 사람과 그렇지 않은 사람의 얼굴을 구분하지 못하는 것일까.
그런데 어째서 스무 살 때 우리는 가장 뜨거운 사랑에 빠지게 되는 것일까.

생은 그런 것이다.
미처 준비되지 않았을 때 초조初潮가 시작되고 몽정이 들이닥친다.
준비가 되었다고 느낄 때에는 이미 멀리 흘러와버린 뒤다.
깨달음은 늘 과거형이 된다.
혹독한 대가를 치른 채.

나는 아버지로부터, 이 지겨운 일로부터 빨리 도망치고 싶어요.
그래서 더 결혼을 서두르지만 사랑은 번번이 나를 좌절시킬 뿐이에요.
아까 제가 자던 방 있죠?
사람들이 그래선 안 된다고 하지만, 나는 힘들 때마다 그 방에 가요.
거기서 자거나 울곤 하지요.

가부장적인 사회에서 자란 딸들 가운데
결혼을 도피처로 생각해보지 않은 이가 몇이나 될까.
나는 사진을 돌려받는 짱요의 손을 잡고 말했다.

사랑 자체는 절대로, 절대로, 그릇된 것이 아니에요.
지금 당신을 힘들게 하는 건, 우리가 사랑이라 잘못 이름 부르는 것들이에요.
참된 사랑이라는 높은 곳에 도달하기 위해
불가피하게 디디는 낮은 계단들이죠.
언젠가 참된 사랑을 하게 되면 사랑이 얼마나 옳은 것인지 알게 될 거예요.

짱요의 눈에 눈물이 고였다.

참된 사랑은 아무리 힘든 조건 속에서도 당신을 기쁘게 해요.
그리고 확신에 차게 하죠.
지금 당신이 끝없이 의심을 지울 수 없고 힘에 겹다면
그건 아마 낮은 계단을 디디며 올라가고 있기 때문일 거예요.
그에 대해서도, 그를 향한 감정에 대해서도 생각하기를 멈추세요.
낮은 계단 위에 서서 섣불리 결론을 지으려 들지 말아요.
아직 사랑까지 멀었다는 것을 인정하세요.
그리고 당신을 쉬게 하세요.
다 내려놓고 쉬되, 이것 하나만큼은 놓지 말고 믿어요.
당신이라는 아름다운 사람에게 주어진 사랑은 크답니다.
지금 당신의 마음은 꽉 차서 지쳐 있지만
점차 평화로운 여백이 생겨날 거예요.
그럼 언젠가 거기 또 새로운 사랑이 깃들겠지요.
그때에는 어쩌면, 당신이 그토록 기다리던 옳은 사랑일지도 몰라요.

돌아오는 길, 나는 짱요를 Room No.4에 데려다주었다.

당신은 당신만의 공간이 절대적으로 필요해요.
누가 뭐라 하든, 아무도 방해하지 않는 이 방에서 쉬면서 사랑도 함께 쉬세요.

그녀는 마치 내가 그 방의 키를 내어주기라도 한 듯, 거듭 말하며 울먹였다.

고마워요.
정말 고마워요.

그리고 나를 끌어안았다.
스물한 살의 고통스럽고도 풋풋한 향기가 전해졌다.

방으로 돌아오니, 다시 이마가 뜨거워졌다.
아이 약만 챙겨온 터라, 오렌지색 어린이 시럽 뚜껑을 열고
벌컥벌컥 들이켰다.

너는 다시 스무 살로 돌아가고 싶니?

누군가 내게 묻는다면
자신 있게 절레절레 고개를 흔들어줄 수 있을 것 같은 밤이었다.

외로운 동자승

놀고 싶은 마음
끼고 싶은 마음
하지만 숨고도 싶은 마음
모두 한데 버무려져

동자승은 창틀 뒤에서
몇 번이나 조신한 참견을 하며
고개를 내밀었다
감췄다 했다.

방치되거나 착취되거나

뒤로는 사시사철 푸른 풀밭이다.
물을 주지 않아도 늘 꽃을 피우고
성큼성큼 나무를 키우는 풀밭.

앞으로는 가시철조망이다.
철조망 밖으로 하루 단 서너 차례 뚝뚝이 지나가고
지나간 자리엔 오래도록 붉은 흙먼지다.

그들의 부모는 눈과 귀를 닫고
오로지 땅을 일군다.
수백 년 전부터 내려오는 원시적인 농경법으로
그해의 기후에만 의존하는 농사를 짓는다.

아이들은 언젠가 맛본 초콜릿의 달콤함을 잊지 못하지만
달콤함은 철조망 너머에 있다.
어떻게 넘어야 하는지 가르쳐주는 사람이 없다.
이들이 스스로 깨치는 것은
피나지 않게 철조망을 쥐는 법에 그친다.
넘쳐나는 호기심을 채울 방법을 알지 못한다.

UIET IN THE LAND
MPORARY ART EXHIBITIONS
NO Pak KING
Thankyou
THE FLOATING BUDDHA

뒤로는 국립 왕궁 박물관이다.
은사로 수를 놓은 왕비의 옷과
보석 박힌 금부처가 전시되어 있는 곳.

앞으로는 키 높은 철대문이다.
대문 밖으로 하루 24시간 외국인들이 지나가고
지나간 자리엔 예외 없이 달러가 날린다.

그들의 부모는 무릎을 꿇고
잠이 부족한 눈으로 달러를 줍는다.
아이들은 가방을 내려놓자마자
부모가 운영하는 PC방으로 달려간다.
그곳엔 늘 밤늦은 시각까지 일손이 모자라며
이들이 주워들은 몇 마디의 영어가 오늘 일 달러를 더 벌어들인다.

그렇게 오늘을 위해 내일을 멀리 한다.
내일이 없는 어른의 피곤한 얼굴로
늦은 밤 아이들은 내게 퉁명스레 인터넷 사용료를 말한다.
그 얼굴에서 세상을 향한 호기심을 찾아볼 수가 없다.

당신은 보고 싶은 것만을

강변을 따라서 활발하게 게스트하우스가 신축되고 있다.
시장에서 외국인을 상대로 음식을 파는 가족의 얼굴에는
차곡차곡 쌓이는 부에 대한 감추지 못할 기쁨이 드러난다.

이곳 루앙 프라방에는 여유가 있다.

당신이 원한다면, 이곳을 그저 휴양지라고 명명할 수도 있다.
자전거를 타고 한가히 흩어진 사원들을 구경하다가,
강가의 유럽풍 테라스에 나른하게 앉아 스테이크를 자르며
신선한 열대과일 주스를 마실 수도 있다.

매일매일 침대 시트를 바꿔달라 요구할 수 있으며
겹겹의 접시로 완벽하게 세팅된 테이블에서
턱시도를 차려입은 웨이터의 시중을 받을 수도 있다.

그들이 기꺼이 '벌고자' 하므로
그들이 '벌게' 해주며 맘 편히 즐길 수 있는 장소인 것이다.

그러므로 루앙 프라방은 당신에게 익숙한 곳이다.
벌고 쓰는 곳.
벌래야 벌 것이 있고 쓸래야 쓸 데가 있는 곳.

이제 막 좌판을 벌인 순진한 노인과
고작 백 원에 양심을 파는 충혈된 눈의 상인이 공존하는 곳.
천 원에 봉지가 가득해지는 코코넛 빵이 있는가 하면
쌀에 질린 외국인들이 달콤한 초콜릿 머핀과 카페라떼를 찾아
주저없이 하루치 숙박비를 치르는 베이커리가 성황을 이루는 곳.

원한다면, 당신은 외면해도 좋다.
매일 아침 당신의 침대 시트를 바꾸러 오는 그 여인이
투숙객이 버리고 간 낡은 브래지어를 소중히 들고 나가
친구에게 기쁨에 겨워 자랑하는 모습.

혹은, 수입 크림치즈가 들어간 노점상의 세련된 샌드위치에 취해
그 곁에서 종일 흙장난을 하는 코흘리개쯤
무시해도 좋다.

당신은 보고 싶은 것만을 골라 볼 수 있다.

때문에 길에서 스친 많은 여행자들이 루앙 프라방을 좋아했던가 보다.
절대적인 결핍이란 보는 것만으로도 아픈 것이다.
달리 고개를 돌릴 곳이 없는 곳,
죄책감을 느끼게 하는 공간을 사람들은 좋아하지 않는다.

비록 그곳이 더 라오스적이라 해도.

루앙 프라방의 여행자 거리에서 쏟아져 나오는 쓰레기들,
소비량은 쓰레기량과 반드시 정비례한다.

너를 보니 알겠다 – 로

탓 새Tad Sae 폭포에서 '로'는 내내 우리 곁에 머물렀다.

잘해주고 싶어 하고,
도와주고 싶어 하고,
호기심도 넘쳐났다.

하지만 로는 한두 걸음 떨어진 채 곁에 머물렀다.
우리가 말을 걸기 전에 먼저 말을 걸지 않았고
우리가 부르기 전에 먼저 나서지 않았다.

때로 기척조차 느껴지지 않아 집으로 갔나 뒤돌아보면
따사로운 미소를 지은 채 변함없이 거기에 있었다.

처음 만났어도 당장 마음을 열게 하고
그 어떤 비밀이라도 털어놓지 않고선 못 배기게 하는
태양처럼 따사로운 미소.

로를 보니 알겠다.
미소란, 어떻게 잃는가를 배울 수는 있지만
어떻게 짓는가를 배울 수는 없다는 것을.

맑은 바람과 따뜻한 양지에 놓인 과일이 달콤한 즙을 머금듯
고이고 스며든 뒤 자연스레 밖으로 배어 나오는 것이며
그럴 때만이 맛보는 이들을 행복하게 한다는 것을.

그녀를 잊는 여행 – 크리스

내 아내는 브라질인이에요.
독일에 잠깐 여행 왔을 때 저를 만났죠.
아내는 독일도 처음이었고 키스도 처음이었어요.
모든 게 새로운 상태에서 저와 사랑에 빠졌죠.
제게도 아내는 매우 특별했어요.
이전까지 알던 유럽 여자들과 달리 순수했고 따뜻했으니까요.
아내는 곧 브라질로 돌아갔고
이후 2년 동안 난 다섯 번이나 브라질로 날아갔어요.
그리고 마침내 결혼을 하게 됐죠.
난 우리의 결혼 생활이 훌륭하다고 생각했어요.
서로 잘 맞고 행복하다고요.
하지만 2년쯤 지났을 때 아내에게 남자가 생겼어요.
내가 마지막 교사 자격시험을 치를 무렵이었죠.
충격에 휩싸였지만 난 어렵사리 시험에 합격했어요.
그리고 원만한 해결을 위해 노력했지요.
독일에서 교사는 꽤 보수가 괜찮은 직장이니
장차 안정적인 생활을 하며 서로 노력하면 좋아질 거라 생각했던 거죠.
하지만 그녀는 계속 그 남자를 만났어요.
몇 번의 노력 끝에 결국 그녀를 포기하고 여행을 떠나왔지요.
지금은 아주 좋아요.
떠나오길 정말 잘했단 생각이 들어요.
길에서 만나는 사람들 모두가 내게 훌륭한 스승이 되는군요.

왜 그렇잖아요.
여행 중에는 더 솔직해지고 쉽게 가까워지기도 하니까요.
그들 가운데에는 나보다 더 큰 어려움을 극복한 사람도 있고
오래된 친구보다 더 내 상처를 잘 이해하는 사람도 종종 있어요.
놀라운 경험이죠.
짧지만 강도 높게 그들과 사연을 공유하는 동안
어느새 상처가 아물어버렸으니까요.
집안에서 머리를 싸매고 있었다면
나는 아마 지금처럼 밝게 웃을 수 없었을 거예요.
올해의 마지막 날까지 이렇게 다니려 해요.
가벼운 발걸음으로 총총히 다니다 보면
나머지 묵은 먼지까지 다 털어낼 수 있을 거예요.
언젠간 한국에도 들를지 모르겠어요.
하하, 제가 이래봬도 15년 동안이나 태권도를 배웠거든요.

아름다운 건 오래오래

떠도는 동안 우리는 줄곧 말이 없었다. 아마 미처 표현해내기도 전에 새로운 것들이 우리의 살갗과 마음을 파고들었기 때문이리라. 그것들을 정리하고 다스리는 것만으로도 충분히 바빴기 때문이리라.

어느 날인가는 열 시간 넘게 버스를 타면서도 묵묵히 창밖을 내다보거나 서로의 어깨에 기대 잠깐씩 눈을 붙이거나 했을 뿐이었다. 그날 저녁 훌쩍 커버린 아이의 얼굴을 들여다보면서 나는 조용히 놀랐다.

이미 아이가 나와는 다른 방식의 사고로 다른 세계에 살고 있다는 것을 잘 알고 있었으므로, 나는 아이가 묻기 전에 지나치는 것들에 대해 굳이 설명하지 않았고 질문도 하지 않았다. 다만, 우리가 말할 수 없이 아름다운 풍경에 이르렀을 때 한번쯤 이런 당부를 덧붙인 적이 있다.

지금 네가 보고 있는 것은 굉장히 소중한 것이지만,
모든 소중한 것이 영원한 것은 아니란다.
그러니, 부디 잘 보아두거라.

아…! 이 절도 언젠가 사라질까?
이렇게 아름다운데?
네모난 빌딩이 되고 회사가 될까?
엄마, 아름다운 건 오래오래 남아 있었으면 좋겠어.

다음 기회에

푸 시Phu Si 사원의 정상에 오르기 위해서는 수백 개의 계단을 디뎌야 해.
네가 그 계단의 끝에서 숨을 고르는 동안
운이 좋다면 그곳에 먼저 와 있는 두 스님을 만날 수가 있지.

스님들은 네게 말을 걸어.
네가 이미 한 것에 대해 묻고
네가 앞으로 할 것들에 대해서도 묻지.

네가 이미 했지만 잘 못한 것들에 대해서는 이렇게 말을 해.

다음 기회에.
다음 기회에.

네가 앞으로 하고 싶지만 여의치 않은 것들에 대해서도 이렇게 말을 해.

다음 기회에.
다음 기회에.

두 분은 다정한 도반인 듯, 말끝마다 서로를 바라보며 미소 짓지.

네가 그분들의 계획에 대해 물으면
그분들은 꼭 하고 싶은 것을 주저없이 털어놔.
그리고 그 계획이 지금 당장 실현불가능하다는 것도.

두 분은 '가능'을 말할 때와 똑같이 '불가능'을 말하면서
서로를 바라보고 미소를 지어.
고개를 끄덕끄덕하면서.
그리고 서로를 향해 또 이렇게 말해.

다음 기회에.
다음 기회에.

너는 그처럼 미련 없이 다음 기회를 기약하는 사람들을 보지 못했지.
정겹게 기다리는 사람들을 보지 못했어.
기다리면서 고개를 끄덕이고
기다리면서 미소를 짓는 사람들을.

불안이나 초조가 쉽게 전염되듯이
미소나 여유 또한 그런 것이어서
수백 개의 계단을 되짚어 내려오는 동안
너는 너도 모르게 그분들의 흉내를 내.

고개를 끄덕이고 미소를 지어.
그리고 중얼거리지.

어쩌면 기회는 갖는 것이 아닌지도 모르겠다고.
묵묵히 왔다가 또 가는 것뿐인지도 모르겠다고.
우리가 바람을 대할 때 취할 수 있는 최고의 자세는 온몸으로 체감하는 것.
그것을 잡으려 듦이 헛되고 헛되듯,
기회는 다가왔을 때 온전히 느끼고 누리는 것.

'온 우주'가 힘을 다해 도와줄 때까지
우리가 할 수 있는 건 오직 때 이르게 지치지 않고 계속 노력하는 일뿐,
효율을 따지며 당기거나 구겨 넣는 자,
교묘히 계획하며 오만하게 조정하는 자는
결코 그 순전한 입자의 떨림을 맛볼 수 없으리라고.

너는 그들처럼 다음 기회를 생각하며 계단을 내려가지.
산바람이 부드럽게 등을 떠밀어 너는 두둥실 그것을 타고 내려가지.

헤어질 무렵, 두 스님들이 말했다.

"당신은 글을 쓰는 사람이로군요."

"어떻게 아셨지요?"

두 분은 미소 지었다.

"우리는 그저 알고 있답니다."

카르페 디엠!

가끔 아무도 시키지 않은 짓을,
아무도 하지 않는 짓을 한다.
에너지가 뻗치는 날이다.
대략 사흘에 한 번 꼴이다.

그날도 그랬다.
자전거를 끌고 너무 산 깊숙이 들어왔다는 걸 깨달았을 때는
이미 늦어버렸다.
해가 저물고 있었다.
어둠 속에서는 되짚어 나갈 수 없는 길이었다.
당황하고 있을 때 아이가 외쳤다.

픽업트럭이다!!

그 산속에서 픽업트럭이 지나가는 것만으로도 충분히 기적 같은데
손을 흔들자 트럭이 선다.
자전거를 뒤에 실어줄 수 있느냐고 묻자
운전사가 선뜻 그러겠다고 한다.

앞좌석에는 운전사와 그의 부인, 아이가 타고 있었다.
아이와 나는 짐칸 한가운데 자전거를 올리고서
양쪽에 마주보고 앉았다.

자전거를 묶을 것은 하나도 없었다.
나는 어쩔 수 없이 푸세식 변기에 살짝 주저앉은 자세로
한 손은 자전거, 다른 한 손은 트럭 난간을 잡았다.

안전장치 없는 놀이공원이 또 시작되었다.
아이에게 외쳤다.

엉덩이를 꼭 붙이고 앉아!!
난간을 꽉 잡아!!

트럭이 출발한다.
인정사정없이 구불구불한 길이다.
인정사정없이 울퉁불퉁한 길이다.

출발한 지 일 분도 안 되어 나는
어정쩡한 자세와,
묶이지 않은 채 세워진 자전거와,
패이고 구불구불한 산길이
팔뚝 짧고 팔뚝 힘 시원찮은 여자에게는 최악의 조합이라는 것을
오감으로 깨닫는다.

커브를 돌 때마다
구덩이를 지날 때마다
자전거가 기울어지고 튀어 오른다.

ㅇㅇㅇㅇㅇㅇ~!!

나는 차력사처럼 신음을 내뿜는다.

반면, 건너편에 앉은 조그만 녀석.
혹시라도 자전거에 깔리지 않을까,
공처럼 트럭 밖으로 튕겨져 나가지 않을까,
조마조마한 내 가슴을 아랑곳않고
목에 핏대를 세우며 소리 지른다.

It' s Thrilling 스릴만점인데!!!!
It' s Terrific 끝내줘!!!!

그날이 생각났다.
요르단에서 사막을 달리던 날,
픽업트럭 뒤에서 우리는 또 이렇게 흔들렸었다.
두 뼘씩 튀어 올라 엉덩방아를 찧으며
어떤 사막은 고운 모랫길이 아니기도 하다는 걸
심한 요동 속에 배워나갔다.

여행에는 연습이 없다.
가장 격한 체험을 가장 극적인 순간에 한다.
이거 될까?
생각할 겨를도 없이
이거 된다!

싫을 땐 이미 그 한가운데에 있다.
이거 안 된다!
싫어도 이미 늦었다.
가보는 거다,
본전 생각 없이.
예행연습은 일상으로 족하다.

아이가 두 손으로 제 몸을 지켜낼 만큼 자랐다는 것에 안도한 차력사는
엔돌핀이 솟아오르며 괴력을 발휘하기 시작한다.
어느새 엉거주춤 자세와
묶이지 않은 자전거와
험하기 짝이 없는 산길이
팔뚝 짧고 팔뚝 힘 시원찮은 여자에게도
통제 가능한 조합이 된다.

야호!!

우리는 함께 괴성을 지른다.
운전사가 백미러로 실성한 두 모자에게 의아한 눈길을 보낸다.

거친 길 위에서 트럭 뒷유리가 덜덜 떨린다.
우연히 거기 비춰진 내 얼굴을 본다.
그렇게 살아 있고
그렇게 거칠 것 없는 웃음을 짓는
스스로의 얼굴과 맞닥뜨리는 것은

생에 단 몇 번이다.
축복 받은 유년을 지나고 나면
고작 단 몇 번.

그러나 사진을 찍어둘 필요도,
시원찮은 기억창고를 염려할 필요도 없다.
잊을 수 없는 얼굴은 잊을 수 없는 순간과 함께 온다.
심지어 정말로 소중한 순간에는
보지 않아도 본 것처럼 자신의 얼굴을 안다.

이 순간,
존재의 불안과
미심쩍은 허무와
어른 됨의 무게들이 트럭 뒤로 와르르 휩쓸려나간다.

신념으로써 되뇌는 것이 아니라
바로 지금,
순간을 우적우적 씹어 먹으며 외치는

카르페 디엠!

소년의 높은 소망 – 노비스 파

그의 이름은 파.
열일곱 살 소년이었다.
일남 삼녀 중 외아들.
루앙 프라방 북단에서 나고 자랐다.
전기도 수도도 없는 곳이었다.

큰누이는 비엔티안으로 시집을 갔고
그는 다리가 불편한 작은누이, 어린 여동생과 함께
낮이면 강물에 뛰어들며 유년을 보냈다.

간신히 입에 풀칠할 만큼 농사를 짓는 그의 부모는
외아들을 더 공부시키고 싶었으나 여의치 않자
가난하지만 불심 깊은 라오스의 많은 부모들이 그러하듯
아들을 사원으로 보냈다.

부모에게는 선견지명이 있었다.
고작 2년을 공부했을 뿐인 파의 영어는 다른 노비스들에 비해 훌륭했다.

노비스들의 하루 일정은 엄격했지만
그 일정을 어떤 강도로 소화해내는가는
전적으로 노비스 개인의 선택이었기 때문에
노비스 간의 기량에는 엄청난 차이가 있었다.

자유 시간에 적극적으로 외국인을 붙잡고
이방의 언어를 습득하는 노비스가 있는가 하면
텔레비전 앞에서 낮잠만 자는 노비스도 있기 마련이었다.
파는 전자에 속했고 배움의 즐거움에 깊이 매료되어 있었다.
내년이면 전국에 세 개뿐인 대학 가운데
한 곳에 입학하게 될 것이라면서 설레어했다.
승려들의 학비는 매우 저렴해서
새벽 탁발에 나서는 것만으로도 충당 가능하다고 했다.
승려의 길을 택하지 않았다면, 그로서는 꿈도 꾸지 못할 일이었을 것이다.

물리, 지리, 국어, 수학, 화학, 법어, 영어 등
노비스 학교에서 배우는 다양한 학과목을 내게 열거하는 파의 얼굴에는
자긍심과 진지함이 넘쳐흘렀다.

사원의 너른 뜰에서 아이가 다른 승려들과 축구를 하는 동안
나는 소년 파에게 물었다.

노비스로서의 삶이 행복한가요?

그는 매우 성실한 학생의 얼굴을 하고서 이렇게 대답했다.

예.
저렴하게 하고 싶은 공부를 할 수 있으니까요.

그리고 지독히도 가난한 유년을 보낸 소년의 얼굴을 하고서 덧붙였다.

또 이곳에서 저는… 안전하다고 느끼니까요.

한 소년에게 높은 소망이 있을 때,
그것을 위해 기꺼이 노력할 준비 또한 되어 있을 때,
가족이나 사회는 그를 위해 지원해야 한다.

라오스에서 가난한 어린 소녀들의 높은 소망은
오직 사원에서만 성취 가능한 듯 보였다.
이성이나 가정에 대한 꿈을 접은 뒤에나 가능한 듯 보였다.
그리고 남성만이 승려가 될 수 있는 라오스에서
가난한 어린 소녀들에겐 오직 낮은 소망만이 허락되는 듯했다.
시장에서, 논밭에서, 혹은 좁은 방안의 반짇고리에서.
가장 나쁘게는,
태국의 유흥가에서.

나는 어쩔 수 없이 우리의 소년 소녀들을 떠올렸다.
암기와 시험과 가상세계와 전자파에 지쳐 창백한 얼굴의 그들.
라오스의 아이들에 비하면 충분한 지원과 기회가 주어짐에도
똑같이 높은 소망이 결여되어 거리를 떠도는 그들.

또, 그들 뒤에 있는 부모를 떠올리지 않을 수 없었다.
많은 것을 가지고도 더 많이 갖지 못해 불안에 떠는 어른들의 초상을.

모든 소망에는 그것을 높게 하거나 낮게 하는 장애가 있다.
생의 절반을 지나 엄밀하게 생각해보니,
소망을 이룰 때까지
모든 장애는 단지 변명의 크고 작은 다른 이름이었다.

노비스 콩 캄

Same Same But Different

우리의 라오스 여행은 루앙 프라방에서 멈춰야 했다.
북부의 험한 지세를 미처 고려하지 못한 까닭이었다.
북쪽에서의 이동은 남쪽에서의 그것보다 약 두 배의 시간이 걸렸다.
게다가 내가 감기를 앓느라 며칠을 허비했으므로
이제 남은 시간 동안 새로운 곳으로 이동하려 든다면
그곳에 도착하자마자 다시 짐을 꾸려 돌아와야 할 상황이었다.

우리는 내처 루앙 프라방에 머물기로 결정하였다.
그러나 이동하기엔 빡빡하고 머물기엔 느슨한 그 남은 며칠간
멈추고 싶지 않은 욕망과 부어오른 목 사이에서
나는 때때로 무기력해졌다.

검은 피부가 아름다운 중년의 네덜란드 여인.
미처 이름을 메모하지 못한 그녀를 다시 만난 건
루앙 프라방에서 채워야 할 시간이 아직 이틀 남아 있을 때였다.
닭꼬치를 하나 사서 아이 손에 들린 채
하릴없이 나이트 마켓을 걷고 있던 중이었다.

나는 그녀를 방 비엥에서 만난 적이 있었다.
짧지만 유쾌한 대화를 나누었었다.
아이가 대화 중간중간 두서없이 끼어들었을 때에도
그녀는 일일이 눈을 맞추며 다정하게 응해주었었다.

정서가 안정된 사람에게서만 나오는 두터운 배려가 인상적인 사람이었다.

우리는 반갑게 인사를 했다.
그녀는 나이트 마켓 어딘가에 있을 친구를 찾고 있다고 했다.

내가 그 친구 찾는 방법을 알아요.

아이가 톡 나섰다.

니가?

터무니없어하며 나는 쿡 웃었으나 그녀는 웃지 않았다.
대신 무릎을 굽혀 아이와 키를 맞췄다.

그래? 그럼 내게 그 방법을 좀 가르쳐줄래?

아이는 자신감에 차서 으스대며 말했다.

여기 시장 사람들에게 친구를 봤냐고 물어보면 돼요.

그녀는 이번에도 웃는 대신 진지하게 대꾸했다.

참 좋은 생각이로구나.
하지만 이곳 시장 사람들은 내 친구가 누구인지 모른단다.
어쨌든 도와주려 해서 고맙다.

그녀는 전날 밤 루앙 프라방에서 장기체류하는 친구를 따라
한 사원에 갔던 경험을 이야기했다.
사원에서 친구가 스님들에게 영어를 가르치는 동안
곁에서 보조를 했다 한다.

너무나 보람 있는 일이었어요.
스님들은 모두 열렬히 배우고자 하는 학생들이어서
열기가 대단했지요.
친구를 다시 만나 그 일을 더 하고 싶다고 말하려던 참이었어요.

원치 않게 늘어진 일정 때문에 힘이 빠져 있던 나는 귀가 솔깃했다.
왜 그 생각을 미처 못했던 것일까?
내게는 아직 이틀의 시간이 남아 있었고
라오스 전역에서 확인할 수 있었던 것은
이들의 조직이 터무니없이 느슨하다는 것이었다.
그렇다면 여행자로서의 구경과 감상 외에도
그 이틀간, 내가 성의를 가지고 어딘가에 참여하여 나눌 수 있는 것이
분명 있을 터였다.

나도 같이 돕고 싶어요.
마침 시간적인 여유도 있고요.

그러자 그녀는 자세한 설명을 곁들여주었다.

라오스인 영어 교사가 수업하는 걸 본 적이 있어요.

오, 그건…… 그 영어 선생의 영어란 것이……

그녀는 차마 말을 잇지 못했다.

그런데도 그 선생으로부터 배우는 학생들은 정말 열심이었어요.
선생의 틀린 발음, 틀린 설명을 하나라도 더 주워듣기 위해
최선을 다하는 거예요.
이들의 교육환경은 여타의 환경과 마찬가지로 너무나 열악해요.
우리가 도우려 마음만 먹는다면 어떤 식으로든 도움이 될 수 있지요.
당신의 영어라면 충분할 거예요.
아무 사원이나 들어가서 자원봉사를 하고 싶다고 말해보세요.

나는 그녀에게 고마움을 표하고 그 길로 노비스 파에게로 갔다.

조용한 라오스인답게,
그는 나의 예기치 않은 방문과 제안에도 담담히 미소를 지을 뿐이었다.
그리고 느린 영어로 말을 이어갔다.

제가 관심 있는 승려들을 불러 모으죠.
내일 저녁이 어떠세요?
예불을 끝낸 일곱시가 좋겠어요.

여행자가 라오스에서 흔하게 접할 수 있는 영어 표현 가운데,
그들의 정신세계를 가장 적절히 표현한 문구가 있다.

Same same but different.

옆 마을에는 뭐가 있느냐고 물으면 그들은 이렇게 대답한다.
Same same but different.

경쟁이 치열한 여행사들조차 자신들의 서비스에 대해 같은 슬로건을 내건다.
Same same but different.

상업주의의 멈추지 않는 가장 큰 거짓말, 과장誇張.
그게 그거인 얼굴에 이 립스틱을 바르면 분위기가 확 바뀐다는 둥,
이 차를 몰면 당신의 품격이 올라간다는 둥,
부풀림을 넘어서 쉽게 거짓에까지 이르는 상업주의가
라오스에는 아직 뿌리내리지 못했다.

그들은 과장하지 않는다.
예나 지금이나 그들은 느리고 잔잔하다.
하늘 아래 크게 다른 것은 없다.
같지만 same,
두 번 들여다보면 same
조금 다를 뿐이다 but different.

여기서 방점은 '다르다'는 것에 있지 않다.
'두 번' 들여다본다는 것에 있다.
사랑하는 내 연인의 따스한 손이나
너무나 소중한 내 아기의 얼굴,

마음에 평화를 가져다주는 고향집 풍경은
사실 버스 손잡이를 잡은 낯선 이의 손이나
신생아실에 나란히 누워 있는 다른 아기들의 얼굴,
흔해빠진 여느 시골 풍경과 크게 다르지 않다.

차이점은 내가 그것을 한번 힐끗 보는데 그치지 않고
두 번 세 번 자꾸자꾸 들여다본다는 데에 있다.
함께 사연을 공유하며
눈에 띌까 말까 한 다른 점을,
나날의 소소한 변화를,
자꾸자꾸 찾아내 애정이라는 이름으로 쌓아간다는 데에 있다.

내일 모레 루앙 프라방을 떠나기로 한 나의 일정은 같았다.
그러나 내 안에서 무언가가 달라졌다.

Same Same But Different.

마음이 두근거렸다.
내일 저녁이 기다려졌다.
아름다운 시구처럼 혹은 노래의 한 소절처럼,
파와 헤어져 게스트하우스로 돌아오는 동안
나는 내내 그 말을 흥얼거렸다.

파와 다른 노비스들

I Thank You

수업이 시작되었다.
법당 곁에 딸린 승려들의 공부터에서.
터란 말이 적당할 것이다.
시멘트 바닥 위에 문도 벽도 없이 기둥과 지붕뿐인 곳이었으니.

모서리가 부서진 커다란 칠판이 벽인 듯 앞면을 막고 있었고
중학교 때 음악실을 연상시키는 나무책상 겸 벤치가 몇 줄 놓여 있었다.
라오스에서의 약속이 으레 그러하듯 승려들은 하나둘
어슬렁어슬렁 나타났다.

노비스 파와, 몹시 수줍어하지만 고개를 들 때면 매우 또렷하게 눈을 빛내던
두 명의 노비스가 맨 앞줄에 앉았다.
그리고 대충 학구열 순으로 그 뒤가 채워졌다.
열 명 안팎이었다.

한눈에 보아도 단지 외국인 여선생을 구경하러 온 승려가 있었고
달리 할 일이 없어 동료를 따라온 승려가 있었다.
반면, 맨 앞줄에 앉은 노비스들의 책은
짙은 손때와 깨알 같은 연필자국으로 새카맸다.
그토록 누런 갱지는 정말 오랜만이었다.
모조리 솜뭉치처럼 젖어버리는 우기가 오면 찢지 않고 책장을 넘기기 위해
이들은 세심한 정성을 기울여야 하리라.

어둠이 내렸다.
아이는 수업에 들어오고 싶어 했지만 엄마의 간곡한 부탁으로 물러나주었다.
나는 깜깜한 빈터에서 아이와 승려들이 공 차는 소리를 들으면서
수업을 시작했다.

내 소개를 하고 참여한 모든 승려들과 인사를 나눴다.
내가 그들의 이름을 더듬거리며 따라하는 동안 그들은 왁자하게 웃었고
자신들의 더듬대는 영어를 조금이나마 덜 쑥스러워하게 되었다.

단 한 번의 수업이었기에 새로운 것을 전달하기보다는
평소 그들이 어려워했던 부분에 대해 질문하고
이해를 돕는 식으로 진행되었다.
역시나 전치사는 전 세계적으로 어려운 모양이었다.
on/off, through, beyond 등을 예문 중심으로 설명하는데
많은 시간이 할애되었다.

각각의 예문에 각각의 승려가 주인공으로 등장했다.
평소에 중빈과 '멍텅구리 문장 만들기 게임'을 즐겨했기에,
그날도 승려 주인공들은 문장 속에서 전치사를 하나씩 짊어지고
산과 바다를 넘나들며 기행奇行을 계속했다.

그들이 웃는 것을 보는 것은 즐거운 일이었다.
그들이 고개를 끄덕이는 것을 보는 것은 감사한 일이었다.
그들이 아! 하며 막혔던 것이 뚫렸을 때의 감탄을 내뿜는 것을 보는 것은
행복한 일이었다.

고기를 굽는 승려들.
남방불교에서는 하루 두 끼 식사시간을 엄수하는 대신
부족한 단백질을 보충하기 위해 육식을 허용한다.

시간과 정성을 들이면 얼기설기 거칠던 것이 매끄러워지고
비로소 살아 있는 메시지를 갖게 된다.
이를 테면, 편집이 거듭될수록 영화는 자연스런 흐름을 갖게 된다.
여러 차례 반복해서 다듬은 점토는 매끄러운 항아리가 된다.
거칠던 산문은 시가 되고
승려들의 반신반의하던 눈빛에는 신뢰가 어린다.

거친 점토가 도기로 거듭남을 바라보는 것이 경이롭듯
나를 대하는 일군의 무리가,
그들의 듬성듬성했던 시선과 마음이,
점차 빼곡해지고 따사로워지는 것을 바라보는 것은
… 뭉클한 일이었다.

한국에서 많은 이들이 내게 자녀들의 영어를 가르쳐달라고 했지만,
교육자 집안의 가풍 덕인지 '가르친다'는 것은
우연히도 내가 잘 할 수 있는 분야의 일이건만,
그릇된 사교육 열풍 때문일까.
나는 그 행렬에 동참하고 싶지가 않았다.

내게 있어 참된 '일'이란,
그 일을 하는 사람의 마음을 건드리는 것이어야 한다.
그가 그 '일'을 함으로써 세상이 그만큼 더 좋아지는 것이어야 한다.

그 저녁 '가르치는' 일을 하는 내 마음은
드물게도 맺히거나 굳은 데 없이 온전한 액체가 되어 흘렀다.

이들과 더 있고 싶다는,
더 많은 걸 주고 싶다는,
아이처럼 무조건적인 열망이 제한된 시간과 함께 안타깝게 흘러갔다.

한 사람이 세상을 구원한다는 식의 수퍼맨적 발상을 나는 좋아하지 않는다.
또한 내가 그들의 영어 인생 전체를 해결해줄 수 없다는 것도 잘 알고 있었다.
그러나 바로 눈앞에서 그들의 열렬한 질문이 끝없이 쏟아졌기에
나의 안타까움도 끝없이 흘러갔던 것이다.
내게 시간만 넉넉히 주어진다면 간단하게 해결할 수 있는 질문들.
그러나 이제 떠나고 나면 그들의 영어선생은 해결하지 못할 질문들…

아이가 몇 번이나 들어와 도대체 언제 끝나느냐고 물었다.
조금만 더, 조금만 더… 하다가 두 시간을 훌쩍 넘겼다.
화가 머리끝까지 난 아이는 간신히 인내하는 목소리로 말했다.

나 먼저 게스트하우스에 가 있을게.

그러나 한참 시간이 더 흘러도 엄마가 따라오지 않자,
깜깜한 어둠을 더듬어 되돌아왔다.
어둠 속을 서럽게 혼자 걷는 동안 아이는
황소같이 굳은 결심을 한 모양이었다.
곁으로 오자마자 무조건 내 팔을 잡고 놓지 않는다.
어린 깜냥으로도 분위기 파악은 되어
차마 교실 밖으로 엄마를 당기지는 않았으나,
문어 빨판처럼 잡은 손아귀에 힘을 준 채로였다.

승려들은 마지막으로, 영어와 무관한 질문을 쏟아냈다.
내게는 '늘 그 자리에 있기에' 의문조차 갖지 않았던 것들이
그들에게는 '풍문으로만 들었기에' 궁금한 것들이 되었다.
이를테면…

인터넷 할 때 www.이란 무엇인가요?

인터넷을 해본 적이 있느냐고 되물었더니 모두들 고개를 저었다.
아마도 태국 텔레비전 광고에서 웹사이트를 소개할 때
반복적으로 들었던 모양이었다.
인터넷을 해본 적이 없다는 그들은 또, 어떻게 배웠는지,
모두 자신의 hotmail ID를 만들어놓고 있었다.

떠도는 세상의 풍문(www)을 접했고
돈키호테처럼 그 세상으로 나갈 준비(ID)도 되어 있는 이들에게는
애석하게도 가장 중요한 무기, 컴퓨터가 없었다.

우리의 버려진 재활용 품목들이 다시금 악몽처럼 나타나 죄의식을 건드렸다.
조금 느리다고, 화면이 너무 작다고,
고치는 것보다 새로 사는 게 싸게 먹힌다고
너무나 쉽게 버려지고 유기되는 우리의 컴퓨터들.

우리가 물질을 원할 때, 우리는 무엇을 버리고 무엇을 살까를 고민한다.
소비사회가 되면서 물질과 우리의 관계는 이미 비본질적인 것,
낮은 차원으로 고정되었다.

그러나 이들이 무언가를 원할 때
원하는 것의 목록은 즉각적으로 절실한 것의 목록이 된다.
절실함이란, 극대화된 '필요성'에 극대화된 '열렬함'이 더해질 때
생겨나는 것이다.

내 서푼짜리 영어실력,
헌옷과 신발,
낡은 컴퓨터,
쓰던 장난감,
유행이 지난 가방…

우리가 담담하게, 혹은 귀찮은 어조로 끝없이 열거할 법한 이 모든 품목들이
이곳에선 채워지지 않는 절실함으로 열거되는 것이다.

인간은 먹이사슬의 맨 위에 이기적으로 존재하기에
인간이 소유한 것 중에 처음부터 인간의 것이었던 것은 없다.
우리에게 소유권이 있다고 믿는 재능과 물건들은
엄밀히 말해 우리의 것이 아니며
우리 것이 아닌 것이 우리 손에 의해 함부로 버려져서는 안 된다.

어떻게 나눌 것인가?

아이의 손을 꼭 잡은 채 교실 맨 앞에 서서,
세상을 향해 쏟아지는 승려들의 지적인 열망에
더듬더듬 빈약한 대답을 이어나가는 동안

그 질문이 내 가슴속에서 끊이지 않았다.

어떻게 나눌 것인가?

아이와 사원을 나서는데, 노비스 파가 뒤따른다.

Thank you.

고작 두어 시간이었을 뿐인데 신뢰가 가득 담긴 그 눈빛이 고마워서
나도 말했다.

I thank you.

파는 제자리에 선 채로 우리가 사원의 너른 터를 다 건널 때까지 배웅했다.

우리 중빈이, 너무 잘 기다렸으니 엄마가 아이스크림을 사줄게.

아이는 여전히 뿔이 난 듯, 입을 잔뜩 내밀고 대답 대신 고개만 끄덕거렸다.

중빈아, 오늘 엄마가 한 일은… 이런 거야.
너에게 로봇이 세 개 있는데 하나도 없는 친구를 만났어.
그럼 넌 어떻게 해야 할까?

…하나를 주고 같이 놀아.

맞아.
네가 나눠주면 둘이서 더 재미나게 놀 수가 있지?
엄마도 마찬가지야.
엄마가 영어를 더 잘 알기 때문에 영어를 공부하는 스님들에게 나눠준 거야.
그래서 스님도 엄마도 아주 즐거운 시간을 가졌어.
너무 즐겁다 보니 시간이 가는 줄 몰라서 중빈일 많이 기다리게 했네?

아이스크림 때문인지, 내 말을 이해한 때문인지
아이는 크게 고개를 주억거려주었다.
튀어나온 입도 들이밀어주었다.

아이스크림을 파는 상점 구석에는 침침한 실내를 조용히 밝히는
작은 불단이 놓여 있었다.
그리고 선반 위에는 탁한 물속에 갇힌 물고기가 한 마리 있었다.
내가 그 앞에 서자, 물고기는 우연인 듯 내 쪽을 향해 한번 멈춰서더니
다시 좁은 유리병 속을 맴돌기 시작했다.
그 작은 물고기가 어쩐지 사원 속에서 세상을 갈구하던
젊은 승려들인 것만 같아
나는 답답한 마음에 눈을 감았다.

그리고 기원했다.

그들의 그치지 않는 질문들이 저 불단처럼

작지만 어둠 속에서도 조용히 빛을 발하길.

이별, 들꽃처럼 흔들리면서

라오스를 떠나는 날 아침이었다.
입고 갈 단벌옷만 남기고 가방에 있는 물품을 몽땅 비워내
노비스 파에게로 들고 갔다.
그리고 필요한 이들에게 나눠줄 것을 부탁했다.
우리는 루앙 프라방에서 비행기를 타고 비엔티안으로 간 뒤
야간버스로 국경을 넘어 태국에 도착할 예정이었다.

게스트하우스에서 체크아웃을 하는데
짱요가 내 숙박비를 받아든 채로 눈물을 글썽거린다.

이렇게 보낼 순 없어…

그녀는 중빈을 끌어안고 같은 말을 반복한다.

JB, 짱요를 잊으면 안 돼.
절대 잊으면 안 돼.
네가 너무나 보고 싶을 거야.
정말로 보고 싶을 거야.

그러다 갑자기 무언가 생각이 난 듯
쓰고 있던 모자를 벗어 중빈에게 씌워본다.
그리고 반짇고리 뚜껑을 열더니 실과 바늘을 꺼낸다.

짱요, 뭘 하는 거야?

JB가 날 기억할 수 있게 선물을 하고 싶어요.

짱요는 펜을 들어 모자 한쪽에 JB라 쓰고
다른 한쪽에 Jangyo라 쓴다.
그러더니 예쁜 색실로 펜 자국을 따라 수를 놓기 시작한다.

짱요의 마음은 충분히 이해하지만,
라오스 처녀들이 재봉틀처럼 바느질을 빨리 한다는 것도 잘 알고 있지만,
시계를 살펴보니 지체 없이 공항으로 떠나야 할 시간이었다.

짱요 또한 시계를 본다.
그리고 급하게 바늘귀에 실을 넣는다.
그녀의 손가락이 미세하게 떨린다.
바늘귀에 실이 잘 들어갈 리가 없다.
그녀는 바늘과 실을 내려놓고 우리를 바라본다.
긴 속눈썹에 매달려 있던 눈물이 마침내 똑 떨어진다.

괜찮아요.
아직 시간이 있어.
먼저 뚝뚝을 타고 공항으로 가서 수속을 마치세요.
그사이 내가 수를 놓을게요.
아빠 차를 타고 공항까지 뒤쫓아가면 늦지 않을 거야.
대기실에서 만나기로 해요.

난…, 난…, 꼭 이 모자에 수를 놓아 JB에게 주고 싶어.

아이와 내가 뚝뚝을 타고 달리는 동안
바람은 우리와 같은 방향으로 불었다.
거침없이 달리는 뚝뚝 위에서
나는 과연 짱요가 한 땀 한 땀 느리게 바늘을 움직여
시간 내에 우리에게 도착할 수 있을지 염려스러웠다.

다시 못 볼지도 모르는데 마지막 포옹이라도 제대로 하고 올 걸.

때늦은 후회 뒤로 푸르른 논밭이 휙, 휙, 지나갔다.

공항에서 간단한 수속을 마치고 출입구를 살핀다.
짱요는 보이지 않았다.
출발 시간이 20여 분 늦춰졌건만, 20분이 다 흐르도록 짱요는 오지 않았다.

아이가 묻는다.

짱요 언제 와?

…….

짱요 언제 오냐고?

짱요가… 아무래도 오지 못할 것 같다.

아니야, 짱요는 꼭 올 거야.

비엔티안 행 비행기 탑승이 시작되었다.
우리가 무거운 발걸음으로 가방을 옮기려는데
그 낭랑한 목소리가 들렸다.

JB!!

아이가 달려가 짱요를 끌어안는다.
그녀는 아이에게 모자를 씌워주며, 가쁜 숨을 몰아쉬었다.

JB, 이 모자를 쓰고 남은 여행을 해.
한국에 도착하거든, 네 방에 이 모자를 걸어놓아주겠니?
그러면 나를 기억할 수 있을 거야.
이다음에 네가 어른이 되어 다시 루앙 프라방에 올 때까지도…

우리를 마지막으로 탑승객 대기실의 문이 닫혔다.
짱요는 오래도록 그 문 너머에 서서 우리가 사라지는 것을 지켜보았다.

돌이켜보면, 우리가 지나치는 나라마다
이별을 슬퍼하며 눈물을 흘려준 사람들이 반드시 있었다.
세상에는 아직도 슬픔과 아쉬움을 부끄럼 없이 눈물로 흘려내는
검박한 감정을 지닌 이들이 들꽃만큼이나 흔하게 피어 있었다.

우리가 잠시 마음을 꺼내 담글 때마다,

다시 젖은 마음을 어렵사리 주워 넣을 때마다,
그들이 들꽃처럼 흔들리면서 함께 눈물을 흘려주었다.

버스 창가에서 다 큰 남자가 커다란 주먹으로 어린애처럼 눈가를 훔치거나,
젊은 엄마가 떠나는 자를 포옹하기 위해 잠시 아기를 내려놓고 목이 메는 일이
그들에게는 걷거나 숨을 쉬는 것처럼 여전히 자연스러운 삶의 표현이었다.
가감 없는 웃음과 눈물 사이로 걸어다니는 일은
덕분에 뜨거운 태양 아래서도 선선하였다.

짱요의 모자를 한 손에 쥐고 야간버스의 비좁은 좌석에서 잠을 청하는 동안
그래, 이것이었지, 알 것 같았다.
여행이란 웅크려 자는 일인 동시에 수놓인 모자를 선사받는 일이다.

이제 또 앞으로 가야 할 길에서
나는 얼마든지 몸을 웅크려 잠들 수 있을 것 같았다.
가는 곳마다 그들이 내 마음에 색실로 수를 놓아주기에.

아이는 그날 종일토록 모자를 벗으려 하지 않았다.
야간버스 안에서 아이가 잠들고 나서야,
나는 비로소 짱요의 모자를 벗겨낼 수 있었다.

이듬해, 우리 가족은 미얀마로 갔습니다. 고마운 블로그 이웃분들께서 헌옷과 학용품을 푸짐하게 품앗이해주신 덕분에, 또 남편이 어렵사리 2주간의 휴가를 낼 수 있었던 덕분에, 미얀마인들을 위한 커다란 선물 가방을 이고 지고 떠날 수 있었습니다. 라오스의 13번 국도에서 서투르게 풍선을 나눠주며, 다음엔 방문지의 어려운 아이들을 위해 반드시 큰 선물가방을 따로 준비하자던 여행자의 무력한 다짐은 그렇게 여러 사람의 지원과 사랑을 등에 업고 단단한 현실이 될 수 있었습니다.

미얀마로 떠나기 전날 밤, 도와주신 이웃분들께 다음과 같은 감사의 편지를 남겼습니다.

이웃분들께

보내주신 박스 정리가 이제야 끝났습니다. 욕심이란 건 두었다 이럴 때 마구 부리는 거야, 궁시렁대면서 욕심껏, 정말 욕심껏 셔츠 하나라도 더 넣으려고 꾹꾹 눌러 쌌습니다. 미얀마로 들고 갈 수 없는 건 라오스에 계신 한인 선교사님께 선박으로 보낼 예정입니다. 선박으로 갈 것은 초대형 박스로 네 개나 나왔습니다. 단 하나도 버려진 것은 없습니다. 오후부터 자정에 이르도록 정리하는 내내 손길만큼이나 마음도 열심히 움직였습니다. 참으로 많은 생각들이 스치고 지나갔지요.

이를테면, 이런 것들이요. 온라인과 오프라인의 만남. 정말 거기 있을까 싶었던 사람이 정말 거기에 있더군요. 또 이 관계에서는 말(글)로만 실체를 갖는 것이 아닐까 싶었던 관계가 행동으로도 실체를 갖더군요.

우리 사는 것이 그렇잖아요. 때로 너무 서걱거리고 얄팍해서 '거기 있다'고 믿었던 사람도 손을 내밀면 거기에 없고, 열 명이 춥다고 떠들어대면 한 명 정도 미적미적 엉덩이를 털고 일어나 창문을 닫지요. 그래서 그 서걱거림과 얄팍함, 무거운 엉덩이의 경험치에 기대어 세상을 향한 문을 적당히 닫아두고, 그 닫힌 만큼 혹은 열린 만큼만 사무적으로 교류하지요. 그런데 이럴 수도 있네요. 거기 없다고 생각한 사람이 거기 있을 수가 있네요. 한 명이 춥다고 떠들어대니 아홉 명이 일어나 창문을 닫네요.

'적당히' 열렸던 문이 크게 동요합니다. 그리고 깨닫게 합니다. 적당함이란 단지 모자람의 다른 이름이라는 것을, 더 열고 더 다가간다는 것은 언제라도 현재시제로 가능하다는 것을요.

옷이나 신발은 우리 몸에 가장 밀착된 물건이지요. 아무리 거기 붙어 있는 머리카락을 떼어내고 구두 주름을 똑바로 펴도 그것을 걸쳤던 사람에 대한 많은 정보를 여전히 전달합니다. 하여, 고작 사나흘의 말미를 주고 당신 사생활의 일부가 배어 있는 물건을 생면부지인 내게 보내라는 주문은 비록 그 취지가 좋다 하더라도 썩 내키지 않는 일일 수도 있습니다. 그런데 보내주신 물건들에 조금도 망설임이 서려 있지 않네요. 저는 그것이 너무나 감사한데, 상자 안에 담긴 편지들은 이구동성으로 미안하다고 합니다. 더 좋은 것을 보내지 못해, 더 많은 준비를 하지 못해, 미안하다고…

편지들은 참 다정했어요. 요즘 세상에 사각거리는 종이 질감을 손으로 느껴보고 제각각 다른 필체의 부드러움을 눈으로 확인한다는 것은 그것만으로도 정말로 영광스럽고 사치스런 일일 터인데, 그 안에 담긴 격려들은 받기가 과분할 만큼 따뜻했답니다.

동네 헌옷함에 옷을 넣어도 어떻게든 가난한 나라에 전달이 됩니다. 그런데도 저희 가족은 미련하게 옷을 져 나르려 하고 여러분은 그 미련함을 지원해주셨죠. 아마도 '여행'이라는 '삶의 풍경 들여다보기'를 사랑하는 사람들에게 들여다본 이후의 손 내밀기란 가장 자연스런 수순인지도 모르겠습니다. 미련한지 그렇지 않은지, 효율을 따지고 싶지는 않습니다. 그러나 자연스런 수순은 따르고 싶습니다.

헌옷 한 조각은 세상을 바꿔놓지 못하지요. 그러나 그보다 더 낡은 옷을 입은 누군가의 손에 들려졌을 때 그를 웃게 할 수는 있겠지요. 하루하루 넝마 같은 살아감이 부끄러운 누군가를, 조금쯤은 덜 부끄러움으로 끌어낼 수는 있겠지요. 통과 아농이 그러했듯이 말입니다. 헌옷은 세상을 바꿔놓지 못하지만, 한 번의 웃음이 늘어난 세상과 약간의 당당함이 늘어난 세상은 분명 이전보다 아름다워진 세상이라고… 저는 믿습니다.

미얀마는 낮이면 40도를 육박할 것이고 낡은 버스는 밤새워 17시간씩 달리겠지만, 욕심껏 채운 보따리의 무게가 가난한 임자를 만나 조금씩 가벼워질 때마다 미련한 짐꾼의 발걸음도 탭댄스를 추듯 경쾌해질 것입니다.

함께 미련한 여러분이 있어 행복합니다.

고마워요.

욕망이 멈추는 곳, 라오스

1판 1쇄 2009년 3월 15일
1판 11쇄 2017년 4월 28일

지은이 오소희
펴낸이 김정순
기획 · 편집 서영희
디자인 김리영
포토디렉터 정륜경, 오철만
마케팅 김보미, 임정진, 전선경

펴낸곳 (주)북하우스 퍼블리셔스
출판등록 1997년 9월 23일 제 406-2003-055호

주소 04043 서울 마포구 양화로 12길 16-9(서교동 북앤드빌딩)
전화 (02)3144-3123 | **팩스** (02)3144-3121
전자우편 editor@bookhouse.co.kr
홈페이지 www.bookhouse.co.kr

ISBN 978-89-5605-330-1 03810

이 도서의 국립중앙도서관 출판시도서목록(CIP)은 e-CIP홈페이지(http://www.nl.go.kr/ecip)에서
이용하실 수 있습니다. (CIP제어번호 : CIP 2009000588)